여행자

旅人

여행자

초판 1쇄 인쇄. 2014년 9월 30일
초판 1쇄 발행. 2014년 10월 10일

지은이. 후칭팡
옮긴이. 이점숙

펴낸이, 편집인. 윤동희

기획. 노승현
편집. 김민채 황유정
기획위원. 홍성범
디자인. 이진아
마케팅. 방미연 최향모 유재경
온라인 마케팅. 김희숙 김상만 한수진 이천희
제작. 강신은 김동욱 임현식
제작처. 영신사

펴낸곳 . (주)북노마드
출판등록. 2011년 12월 28일 제406-2011-000152호

주소. 413-120 경기도 파주시 회동길 216
문의. 031.955.1935(마케팅)
　　　031.955.2646(편집)
　　　031.955.8855(팩스)
전자우편. booknomadbooks@gmail.com
트위터. @booknomadbooks
페이스북. /booknomad

ISBN. 978-89-97835-65-2 03820

여행자

21세기 여행 사랑법

旅人

후칭팡 지음
이점숙 옮김

북노마드

차례

추천의 글

여행자의 생각 | 잔흥즐 詹宏志

후청팡의 『여행자』는 여행과 여행자를 이야기한다. 이것들이
더욱 중요한 이유는 여행자가 세상을 돌아다니며 마주한
타인과 자기 자신의 이야기라는 점이다.

여행자가 고향을 떠날 때, 정확히 말하자면 그가 처음으로
집을 떠날 때 사실 그는 가진 게 아무것도 없다. 그가 갖고
있는 것은 세계에 대한 상상뿐이며, 이런 상상은 책에서
나오거나(이른바 '지식'이라 불리는 것들), 다른
사람들로부터 들은 이야기에서 나온다(하지만 이상하게도
우리는 이것을 '소문'이라고 고쳐 부른다).

일단 먼 곳으로 떠나면, 그의 '상상'은 '현실'과 마주하고
일종의 논쟁을 유발시켜 세상을 바라보는 '관점'을 만들어낸다.
아는 것과 알지 못하는 것은 변증법적 관계로 이어진다.

나는 그 과정을 '세계관과 현실 세계의 만남'이라고 부른다.

당신은 당신 앞에 놓인 세계에 대해 아무것도 모른다.
당신이 가장 잘 알고 있는 것은 당신이 원래 속해 있던
세계이다. 당신이 여행 가방을 메고 용감하게 앞으로 나아갈 때,
당신은 '고향을 등에 메고 여행'을 떠나는 사람이 된다.

나는 내가 가벼운 여행자인 줄 알고 있었다. 갈아입을 옷
몇 벌(신고 버려도 좋을 오래된 양말도 챙긴다), 면도칼과
칫솔 그리고 여행 가이드북 한 권을 챙긴다. 하지만 내가
길을 떠날 때 가져가는 것은 내가 기억하는 것보다
훨씬 많다. 나는 한 트렁크의 '편견'과 '오랜 습관'을 가지고
간다. 나를 속박하는 시선까지도…….

— 아, 이곳의 가지는 동그랗구나.
— 일본에서는 반찬은 차게, 밥은 뜨겁게, 생선은
　　날것으로 먹는구나.
— 독일 여자는 가슴이 커서 빵 부스러기를 털어낼 때
　　가슴을 쓸어내리지 다리를 털어내지는 않는구나.
— 미국 중서부에서는 온종일 차를 몰아도 다른 차를

볼 수 없구나. 아무리 달려도 차창 밖의 경치는
그대로이고, 끝없이 펼쳐진 옥수수 밭만 보이는구나.

사물은 달라지지 않았다. 기이하고 이국적인 환경과 낯선
풍습은 관찰자 '스스로의 대조'를 통해서 나온다. 우리는
'타향'에 도착했다. 하지만 우리는 등 뒤에 고향의 '감옥'을
메고 다닌다. 우리는 처음부터 집을 떠나지 않았던 것이다.

그렇다면 도대체 우리는 왜 여행을 떠나는 걸까?
왜 '만 권의 책을 읽는 것보다 만 리 길을 걷는 것이 낫다'라는
숭고한 평가를 여행에 부여하는 것일까?

'집에 돌아'올 순간을 위해서 여행자는 또다시 '변變'했다.
그는 분명 평소와 달라졌다. 가끔 자신에게 찾아온 변화를
알아차리지 못한다. 여행에서 돌아온 여행자의 눈은
달라졌다. 그는 오랫동안 살았던 고향에 쉬이 적응하지
못한다. 여행하는 동안, 여행자는 눈에 거슬리는 일을 많이
목격했다. 결국 그는 참지 못하고 타향에서 벌어진 일을
옮겨와 이야기한다.

— 여행자는 베트남 사람들이 깔끔하다는 사실을
발견했다. 중국 국경을 넘은 순간, 여행자는
중국 사람들은 위생을 중시하지 않는다는 것을
깨달았다.

— 독일 사람들은 깊은 밤에 운전할 때에도 빨간 신호에
즉시 멈춰 선다. 주위에 아무도 없는데도 말이다.
그것은 진정한 법치 사회가 무엇인지 보여준다.

— 프랑스에서는 모든 노동자가 자신이 좋아하는 책
한두 권 정도는 쉽게 이야기할 수 있다. 심지어
이탈리아의 푸줏간 주인은 단테의 시를 줄줄 외운다.

당신은 여행을 하면서 변했다. 당신은 '타향을 등에 메고
고향으로 돌아왔'다. 당신은 여행을 떠나기 전의 당신이
아니다.

그런데 이상하다. 그토록 벗어나기 어려웠던 고향인데,
여행에서 돌아온 당신은 고국의 문화가 낯설기 짝이 없다.
그사이에 무슨 일이라도 생긴 걸까?
후청팡은 이 책에서 "여행자는 자신의 편견을 지니고 길을
떠난다. 어떤 편견은 증명되어 진리가 되고, 어떤 편견은

수정되어 새로운 편견이 된다. 스쳐 가는 여행자들의 등장은,
집을 떠나지 않았던 사람들이 세계를 보는 태도 혹은
다른 방면의 편견에도 영향을 준다"라고 말했다.

나는 편견의 부정과 재긍정을 일종의 '진보'라고 표현한다.
여행에서 돌아온 당신은 원래의 당신을 '부정'한다. 하지만
여행에서 돌아온 당신은 원래의 당신을 '포함'하고 있다.
열매는 꽃이 피는 것을 부정하는 형식이다. 하지만 열매는
꽃이 피는 과정 전체를 포함하는 것이다. 그것을 그냥
지나치면 안 된다.

이곳에 도착해서 우리는 조금씩 여행의 진실에 대해 알게
되었다. 우리는 아직도 고향과 타향이라는 이분법적
개념만을 사용할 뿐이다. 만일 고향과 타향이 수학적 개념의
단수가 아닌 복수로 변한다면 어떻게 될까? 후청팡은
'나는 언제나 길 위에 있다'는 말로 여행에 대한 자신의
입장을 정확히 밝혔다. 하나의 풍경은 또다른 풍경으로
바뀌었고, 사고의 기초는 또다른 사고의 기초로 바뀌었다.
만일 '시차時差'가 이곳에서 저곳으로 이르는
'생리적 시간'의 적용이라고 한다면, 비행을 하고 있는

사람은 어느 지점을 시차의 표준점으로 삼을 수 있을까?

내 친구의 이야기를 해보자. 그녀는 홍콩에서 태어났고,
타이완에서 대학을 다녔다. 그리고 미국으로 건너가
대학원에서 석사학위를 마치고, 다시 홍콩으로 돌아와
일했다. 그리고 지금은 덴마크에서 가정을 꾸려 살고 있다.
예기치 못한 이동으로 가득찬 일생이다. 그녀는 자기 자신을
어떻게 바라볼까? 타이완에서 공부할 때 그녀는 홍콩에서
쓰는 광동어를 사용했고, 공부를 마치고 홍콩에 돌아와
직장에 다닐 때에는 정작 홍콩을 탐탁지 않게 여겼다.
친구들은 그녀가 타이완 사람이 되었다고 생각했다. 하지만
덴마크에서 결혼 생활을 시작하고서야 그녀는 홍콩에서의
모든 순간들을 그리워했다. 이것이 바로 여행을 멈출 수 없는
변증법인 것이다. '기초'는 끊임없이 이동하는 사람에게
세계를 볼 수 있는 기회를 제공한다. 하지만 어떤 '입장'에
설 수 있는 권력을 잃게 만들기도 한다.

바라보는 사람은 이렇다. 그럼 보이는 사람은 어떨까?
일찍이 서구의 여행 문학을 공부한 것이 내게는 고통이었다.
다른 사람의 눈을 통해서 나 자신을 바라보는 게 가끔은

난감했다. 서구인들이 묘사한 낙후되고 기괴한, 사람이
살기에 적합하지 않은 황량한 땅이 우리의 고향이기
때문이었다. 우리는 억지로 다른 거울 속에서 남루한 옷을
입고 있는 자신을 본다. 난처하다. 하지만 유리한 곳에서
잘난 체하는 침입자, 몰래 훔쳐보는 사람은 만족할 수도,
이해할 수도 없다. 가끔씩 '우리 집이 예전에는 당신네
집보다 넓었다'고 말하는 아Q의 말을 배울 수밖에.

이런, 내 정신 좀 봐라. 후칭팡의 책을 이야기하려다
삼천포로 빠져버렸다. 이것이 바로 후칭팡의 『여행자』가
지닌 힘이다. 그녀는 끝없이 이동하는 관점으로 이 책을
썼고, 독자의 사고를 자극시켜 상상을 멈출 수 없게 만든다.
『여행자』는 그녀가 여정 동안 본 것을 기록하고,
여행을 성찰하는 의미를 담은 책이다. 아마 당신도 얌전히
앉아서 책을 읽을 수 없을 것이다. 아직 가보지 않은 곳을
향해 당신의 몸과 마음이 이미 움직이고 있을 테니. 당신도
그녀처럼 고생스럽더라도 '행동하기'의 의미를 묻고
싶어질 테니.

1장.
여행 旅行

나는 삶의 다른 한쪽에 서 있다

———

언제부터 내가 진정한 여행자가 되었는지 모르겠다.
타이완에도 집이 있고, 홍콩에도 아파트가 있고, 파리에도
숙소가 있지만, 같은 도시에서 길게 머무르지는 않는다.

나는 언제나 길 위에 있다.

여행 가방을 메고, 늘 같은 옷을 입고 있다. 홍콩 아파트에 있는
옷장에는 소녀 때부터 입어온 옷들이 널려 있다. 그중 많은
옷들에는 손도 대지 않았다. 유행이 지났다거나 옷감이 나쁜
것은 아니지만 어쨌든 여행하기에 적당한 옷은 아니다.

사실 여행을 떠날 때 챙겨갈 수 있는 옷은 몇 벌뿐이다.
그래서 나는 늘 같은 옷을 입고 배경이 다른 도시에 나타난다.
연기가 형편없는 배우가, 자신이 극의 어디에 등장하는지에
관계없이, 여전히 같은 프로그램인 줄 알고 있는 것처럼
말이다.

매일, 나는 여전히 거리 위에 있다. 그러곤 보통 사람들처럼
일상을 보낸다. 이 도시 사람들이 좋아하는 시장에 가서 과일
한 보따리를 고른다. 이곳 사람들이 자주 가는 서점에 가서
책도 사고, 그들이 읽는 신문을 읽는다. 그들이 자주 가는
커피숍에 들러 커피를 마시고, 그들을 따라서 늘 사람이
북적거리는 거리를 바라본다. 그들이 예전부터 알고 지내는
모임에 참석해 새로운 얼굴을 익히고, 요즘 도시에서 유행하는
주제로 이야기를 나눈다. 가끔은 나도 그들의 사무실에 가서
격식을 갖춰 이야기를 나누기도 한다.

'생활'이란 것은 전과 다름없이, 친절하고 익숙한 감정을
만들어낸다. 여행자를 아주 빠르게 융화시켜 도시 사람들의
생활 속으로 빠져들게 한다. 태양이 떠오르는 곳에만 햇빛이
있을 수 있다. 모든 도시 사람들은 아침에 일어나서 이를 닦고,
교통수단을 이용하고, 차와 커피 마시기를 좋아하고, 맛있는
음식도 중요하게 생각한다. 그들은 가끔 구두도 닦는다.
신문과 잡지는 사람들이 이야기 나눌 만한 이야깃거리를
제공한다. 그들은 여행자를 자신들 생활의 한 부분으로
바라보고 있을 것이다.

내가 이 도시에서 가구 한 점 갖고 있지 않다 하더라도,
유행하는 스타일을 따르는 척할 수는 있다. 그러나 나는
이 도시가 지나온 날들에 대해 책을 통해야만 알 수 있으며,
이 도시의 미래에도 참여할 수 없는 존재다. 이곳에서 나는
제법 괜찮게 생활했지만, 빠르고 투박하게 도시 사람들을
흉내낸 모조품에 불과한 것이다. 그러나 이 도시의 역사적인
습관이 없는 내 미숙한 행동들을 통해, 그들은 스스로의
생활 방식을 식별해냈고 기쁘게 여겼으며 나를 관대하게
받아주었다.

나도 이미 그들의 삶 속에 녹아들었다. 똑같은 생활을 한다는
것은 같은 영혼에 이르게 되고, 같은 감정을 느끼게 되는
일이라, 우리는 이렇게 서로 교류할 수 있게 된다. 그들은
내가 떠나는 도시의 거리에서 나와 작별하고, 그들의 가구와
옷장이 있는 곳으로 되돌아간다. 그 안에는 그들이 어려서부터
입어온 옷들과 옛날 사진첩이 가득하다. 나와 그들 사이에
같은 점은 존재할 수 있지만, 판박이처럼 완전히 똑같을 수는
없음을 깨달았다. 나는 여전히, 그들 삶의 다른 한쪽에 서 있다.

몇 백 킬로미터 거리에 떨어져 있는 나의 옷장이 생각났다.
특히, 선명한 남색 실크 스커트가 생각났고, 빅토리아
항구에서 아무 감정 없이 생활했던 내가 떠올랐다.

바닷바람에 흩날리던 내 머리카락이 한 여행자의 카메라에
담겼다.

여행자 자신의 도시

그는 내게 그동안 내가 살았던 도시에 대해 묘사해달라고
요청했다.

나는 잠시 생각에 잠겼다. 몇 개의 형용사로 말해보려 했지만,
그보다는 학술용어를 빌려 말하는 편이 나을 듯했다.
문학적으로 설명하는 것은 애초에 포기했는데, 각 도시에서
했던 활동들을 적절하게 설명했는지는 모르겠다. 마지막엔
짧은 침묵이 흘렀다. 나는 대답하는 대신 미소를 지어 보였다.
간단하고 명료한 방법을 찾고 싶었지만 그럴 수 없었다. 결국
각 도시마다 내가 받았던 인상들을 하나하나 설명하기로 했다.

누군가 마치 "네 어머니는 어떤 분이셔?"라고 묻는 것처럼
내게 어떤 정치인, 영화배우, 저명 인사 혹은 이웃, 동료,
초등학교 동창, 직장 상사 등 잘 아는 사람의 인상을
물어온다면, 나는 고민하지 않고 적당한 어구로 상대방의
생김새나 성격, 특징에 대해 이야기할 것이다. 투박하고,
그래서 정확하지 않겠지만 빠르게 반응할 수는 있을 것이다.

어머니는 세상에서 나와 가장 가까운 사람이지만, 그게 정말 어머니에 대한 물음이었다면 나는 애매모호한 대답으로 얼버무렸을 것이다. 어머니와 함께했던 기억을 소상히 꺼내어놓는 것에 자신이 없고, 어찌된 일인지 어머니의 얼굴조차 떠오르지 않는다. 간단한 어휘를 동원해서 어머니에 대한 나의 인상을 이야기하는 것도 두렵다. 세상에 이보다 더 불경스럽고 무서운 일이 없는 것 같다.

나는 망설였다. 그 도시를 침착하고 냉정하게 관찰할 수 없었고 그렇다고 해도 나와 아무 상관도 없는, 멀리 떨어진 도시의 이야기를 할 수도 없기 때문이었다. 결국 나는 마치 사교적인 대화를 하는 것처럼, 약간은 경박한 목적을 지닌 채 '나의 도시'에 대해 가볍게 이야기를 시작했다. 마음속에는 무거운 구름이 묵직하게 늘어져 있었고, 도시는 구름 뒤에 숨은 태양처럼 보일 듯 말 듯했다.

그렇게 말문을 연 순간, 단어 하나하나까지 신중히 선택하는 나를 발견했다. 평소 그 도시에 갖고 있던 부정적인 견해들은 일부러 피했다. 흉측하고 어수선한 시내의 풍경이 떠올라 재빨리 고개를 가로저으며 눈을 감았다. 그리 유쾌하지 않은

광경은 애써 지우려 노력했고, 눈에 거슬리지 않는 모퉁이로
시야를 옮겼다. 대신 나와 그곳 사람들을 감동시켰던 생활의
작은 요소를 찾아 확대하고, 색을 더하기 시작했다.
어느새 나의 도시는 우호적이고 귀여운, 우리를 매혹시키는
다양한 즐거움으로 가득한 곳이 되었다. 말하는 중간중간
상대방 얼굴에 호기심이 이는 것을 발견했다. 나는 형언할 수
없는 자신감이 생겼고, 더 열렬하게 도시의 아름다움을
묘사하기 시작했다.

거짓말을 즐기는 사람이 마지막에는 그 거짓을 진실로 믿게
되듯, 나 역시 내가 말한 그 아름다운 도시가 내가 발을 딛고
서 있는 장소인 듯 믿게 되었다.

그다음, 작은 부분에서 또다시 망설였다. 어느 골목의 이름을
기억해내지 못한 것이다. 매일같이 차를 타고 출퇴근했던
길이었다. 일을 마치고 집으로 돌아올 때, 왔다갔다, 한쪽에서
또 한쪽으로, 생각할 필요도 없이 짐작만으로 정확한 방향으로
회전할 수 있는 길이었다. 하지만 지금의 나는 그 골목길에
어떤 나무가 심어져 있는지 말할 수 없다. 오히려 겨울이
물러나고 따뜻한 봄이 오는 길목, 내가 그 골목에서 얼마나

기쁜 마음을 품었었는지, 태양 아래 가로수의 녹음이 얼마나
반짝반짝 빛이 났는지를 그에게 말할 수밖에 없었다.

그 순간, 나는 거리의 풍경이 여행자가 한 도시를 파악하고,
말로 전달할 수 있게 만든다는 뜻밖의 사실을 깨달았다.
이치대로라면 여행자는 거리가 멀수록 쉽게 이해하지 못하고,
거리가 가까울수록 한결 쉽게 파악하고 이해할 수 있어야
한다.

그러나 아니었다. 여행의 도道는 마치 장님이 코끼리를 만지는
것과 같다. 자기 도시에 거주하는 여행자는 오직 도시의 다리
한 짝, 귀 하나, 상아 하나만 봤을 따름이다. 당신은 그저
일상의 활동 범위에만 관심을 두고, 제시간에 마쳐야 하는 일상
업무에 빠져 있거나, 거의 변하지 않는 인간관계만을 신경쓰며
그 도시에서 살았을 것이다. 하지만 여행자는 다르다. 그는
거리를 두고 코끼리의 전체 모습을 볼 수 있는 사람이다.
그렇다고 여행자가 도시를 연구하겠다는 눈빛과 마음으로
바라보는 것은 아니다. 그는 분명 도시의 불순한 것을
떼어버리고 정수만을 남길 것이다. 여행자는 이지적인 자세로
시비곡직是非曲直, 옳고 그르고 굽고 곧음을 따지는 감정에 쉽게

흔들리지 않을 것이다. 여행자는 유유자적한 마음으로 시간을
충분히 들여 천천히 도시를 음미할 것이다.

도시를 바라보는 여행자의 태도는 사이버 공간을 유영하는
것과 같다. 흥미로운 주소를 클릭해서 들어가고, 그러다
흥미가 사라지면 마우스를 눌러 다른 곳으로 옮겨가면 된다.
어떠한 부담도 없다. 여행자는 여행하는 곳에 대해 트집을
잡고, 그곳을 선택하고 평가하고 마치 있어도 되고 없어도
되는 애인처럼 대하면 된다. 그는 언제든 이별을 준비하고
있고, 충분히 잔인하기 때문에 포기한다고 하면 바로
포기할 수 있다. 그것이 바로 여행자다.

그래서 멀리 떨어진 도시는 여행자에게 아름다운 기억을
남길 뿐, 고통은 전혀 남기지 않는다. 여행자는 살아가는
걱정과 불편으로 가득한 도시의 생활 속으로 들어갈 필요가
없기 때문이다.

여행자가 자신의 도시를 대하는 태도는 황혼의 노부인이
이제는 돌아오지 않을 청춘을 추억하는 것과 같다. 그 시절을
어떻게 지내왔든지, 혹은 얼마나 괴로웠는지에 관계없이

지나간 날은 한없이 소중하다. 그들은 겪었던 일들에 대한
이야기를 끊임없이 늘어놓고, 마치 교과서에 기록된
사건들처럼 자신의 일생에 과도하게 의미를 부여한다.
왜냐하면 그것들은 자신이 몸소 살아온 시간이기 때문이다.
좋고 나쁜 것이 모두 자신의 것이다. 말할 수 없는 감정이
눈앞에 있어 여전히 부끄럽고, 마음에 남아 울고 싶은 그런 것
말이다. 가까운 거리의 확대. 시야는 몽롱해지고, 마치 안개가
낀 듯 사물을 선명하게 볼 수 없다. 당사자는 언제나 가장
곤혹스러워하면서도 도취하는 사람이다.

나는 그와 악수를 나누며 헤어졌다. 일종의 죄책감 때문에,
나도 모르게 해서는 안 될 말을 하고 말았다.
"사실, 제가 사는 도시는 방금 말한 것만큼 아름답지 않아요."

집을 떠난 지 오래된 그는, 이해하겠다는 미소를 지어 보이며
이렇게 말했다.

"매번 집에 돌아갈 때마다 비슷한 환멸의 감각이 일어나죠.
거리距離는 내가 상상한 것들을 실제보다 훨씬 좋게 만들지요.
내가 돌아갔을 때, 내가 잊고 지낸 유쾌하지 않았던 경험은

다시 현실이 돼요. 그렇게 내 몸에 내려앉죠."

"당신은 어떤가요? 당신의 도시가 우리의 어머니 같다고
생각하나요? 사람들은 언제나 자기가 사는 도시를 사랑하고
동시에 미워하죠." 그는 나에게 눈을 끔뻑이며 우울한 표정을
지어 보였다. 동시에 아련한 행복에 빠져 말했다.
"엄마가 있으면 잔소리 때문에 귀찮죠. 하지만 엄마가 곁에
없으면 소중한 감정을 기댈 곳이 없어서 공허해지고,
금세 실의에 빠지죠."

여행은 영광이다

———

콜럼버스가 거친 파도를 헤치고 출항하던 날. 그는 멀리
떨어진 다른 세계에 있는 신기하고 낯선 땅에서 진귀한 보물과
짐승을 손에 넣는 꿈을 꾸었다. 콜럼버스는 새로운 땅을
발견하길 꿈꿨다. 새로운 땅의 발견은, 그가 떠나왔던 세계로
되돌아갔을 때, 권력과 돈, 영원한 명예를 얻을 수 있게
해줄 것이다.

모험가 콜럼버스의 꿈은 여전히 그가 태어난 세계에 견고하게
뿌리를 내리고 있었다. 콜럼버스가 제일 기쁘게 해주고 싶었던
왕은 다른 나라의 대군이 아니라, 자신이 떠나온 곳의
왕이었다. 영광을 나누고 싶은 딱 한 사람을 더 꼽자면, 바로
자기 자신이었다.

아무리 다른 세계의 끝에 이르렀다 해도, 여행자는 반드시
되돌아와야 한다. 그렇지 않으면 어떤 사람도 그의 용기,
그가 발견한 것, 그의 예지능력에 대해 알 수 없다.

여행은 우리의 몸을 먼 곳으로 떠날 수 있게 한다. 뿐만 아니라 감각기관에 자극을 주어 우리를 성장하게 한다. 여행의 가장 큰 기능은 자신의 사회적 지위에 영향을 준다는 것이다. 미주의 한 인디언 마을에 살고 있는 성숙한 인디언 소년은 이십대의 몸으로 인가가 없는 원시의 깊은 산속에 홀로 놓였다. 그가 지닌 것은 활과 화살 몇 개뿐이었다. 거의 벌거벗은 그의 몸은 자연 상태에 가까웠다. 그는 그런 상태로 아마 며칠 혹은 몇 주 동안, 하늘의 계시와 유사한 어떤 영감을 느끼게 될 것이다. 그런 다음 마을로 돌아와 자신의 계몽을 선포할 것이다. 그때부터 소년은 정식으로 마을의 중요한 구성원이 되어 공동으로 책략을 결정하고, 사냥에 동참하게 된다.

많은 사람들에게 여행은 하늘의 계시를 찾는 여정과 같다. 하늘의 계시를 찾고, 마을로 돌아와 자신의 우월성을 과시할 수 있다. 말은 증거가 될 수 없으므로, 증거물을 가지고 돌아오면 좋다. 그리하여 모든 세대의 콜럼버스는 끊임없이 다른 세계에서 자신의 세계로 증거물을 가져온다. 마노瑪瑙, 향신료, 비단, 다이아몬드, 새, 방직물, 화폐, 공예품 등을 한 상자 한 상자씩 배로 들여왔다.

실질적인 이윤보다 더 중요한 것은 여행의 '증거'이다. 당신이
실제로 가본, 사람들에게 묘사한 그 세계를 증명해야 한다.
당신의 시야가 넓어졌고, 다채로운 경험을 해봤다는 사실을
증명해야 한다. 여행을 떠나기 이전엔 시골뜨기에 불과했던
당신이 완전히 달라졌음을 증명해야 한다. 이때부터, 당신은
훨씬 더 높은 위치에 서서 말할 수 있게 된다. 당신이 더 많이
알고, 이해하고, 명석하기 때문이다. 당신이 여행길에서
마주한 여러 가지 사물들을 우리는 보지 못했다. 여행에서
돌아온 사람은 긍지를 느끼며 자신감이 충만하다. 주변
사람들은 부러워하면서도 시기하는 눈빛을 보낸다.

대중상업문화가 발달한 시대를 살아가는 여행자에게는,
특별한 여행의 증거물로 내보일 만한, 자신만이 음미했던
독특하고 뛰어난 물건을 찾는 일이 점점 더 어려워진다.
가끔 그들은 타지에서 기쁜 마음으로 구입한 물건을 고향으로
가지고 오지만, 그 물건이 이웃 골목에 위치한 볼품없는
공장에서 만들어졌다는 사실을 알게 된다. 그들이 자주
지나다니는 가구점에서 다른 대륙에서 힘들게 가져온
민속공예 의자와 똑같은 의자를 발견하기도 한다.

세상 물정을 잘 아는 여행자는 훨씬 더 '생소한 감각'을
발전시킨다. 여행사의 단체 여행팀을 따라다니지 않고,
자유 여행을 한다. 로마에 가는 대신 남극을 찾아가고,
레이 카와쿠보Rei Kawakubo에서는 더이상 쇼핑을 하지 않는다.
대신 아오야마도리 오른쪽 세번째 골목에 위치한 갈색 빌딩
지하실에 가서 아직 이름이 알려지지 않은 천재 디자이너의
작품을 구입한다.

그러나 많은 사람들은 여행 경험을 통해 상대를 무시하는
법부터 배운 것 같다. "어? 인도에 다녀왔다고? 빈민가에
안 가봤어? 그럼 진정한 인도에 갔다고 할 수 없는 거 아냐?"
하고 말하거나 "뭐? 뉴욕에 쇼핑하러 간다고? 지금은 밀라노가
대세인 거 몰라?"라고 말하는 식이다. 또 "너 아무래도 유행에
뒤떨어지는 거 아니야? 모스크바에 갔으면서 그 나라 사람들이
마시는 위스키도 안 마셔보다니! 안 갔다 온 거나 마찬가지네!"
하고 말하기도 한다.

이렇듯 지명·문화·국가·인종…… 다양한 명사들이 우리의
입에서 돌아다닌다. 우리는 스스로의 가치는 증명해냈지만,
오히려 이런 명사들의 진정한 의미를 잊어버린 것이다.

계급 여행

——

당신의 계급은 여행 방식에서 결정된다. 퍼스트 클래스 좌석
티켓, 고급 수공예 가죽 가방. 제복을 입은 기사가 호화로운
리무진에 당신을 태우고 공항을 오간다. 5성급 호텔에
머무는 것도 자연스럽다. 당신을 맞이하는 카운터는 일반적인
1층 로비가 아닌, 더 높고 특별한 곳에 위치해 있다. 가장 좋은
점은 당신이 머무를 방이 70층 이상에 있고, 열쇠가 필요하면
엘리베이터 버튼을 누르기만 하면 된다는 점이다. 방에
들어가서 가장 먼저 하는 일은 전화기를 들고 간식과 음료를
부탁하는 것이다. 메뉴판이 복잡할수록 좋다는 것을
확인함으로써, 당신의 지위를 드러내 보인다. 음식이
도착하기를 기다리는 동안, 당신은 캐시미어 수건과 매트 위로
무의미하게 물을 뿌려댄다.

이코노미 클래스 좌석 티켓, 커다란 등산 가방. 준비 목록에
가죽 구두는 없다. 당신은 당연히 운동화를 신고 청바지를
입었을 것이다. 비행기에서 내려 택시를 잡을 생각은 하지도
않고, 여행 가이드북을 손에 들고 지하철이나 버스를

찾아내려 애쓴다. 당신이 머무는 숙소는 숙박인 신원 정보를
기재하지 않아도 되는 저렴한 숙소일 것이다. 숙소에서 쓰는
국제전화는 턱없이 비싸기 때문에, 당신은 무사히 도착했다는
소식을 가족에게 알리기 위해 한밤중 인적 드문 길을
조마조마하게 거닐며 공중전화를 찾아다닌다. 어느 도시에
가든 맥도널드 햄버거로 끼니를 때우고, 값싼 음료수를 마실
것이다. 그래야 예산에 맞출 수 있을 테니 말이다.

이것들은 사실 '경제 계급'일 뿐이다. 이렇게 경제적인 기준에
맞춰 계급을 구분하는 것은 참 저속해 보일 뿐만 아니라,
그 사람에 대한 제대로 된 평가를 내리지 못한다. 경제
계급보다 세밀하고 정교한 '문화 계급'이 당신의 정신적
한계를 검증할 때를 기다리고 있다.

고급문화의 여행자는 평범해 보이지만 품질에 신경쓴 옷을
입고 있고, 외부에서는 알아차릴 수 없지만 역사적으로
중요한 의미를 갖는 낡은 여관으로 들어서며, 심지어 그가
아침 식사를 하는 방에 놓인 식탁은, 반세기 전 F. 스콧
피츠제럴드가 『위대한 개츠비』를 구상한 장소이기까지 하다.
베르사유나 폼페이라 할지라도 당신의 여정에 포함되지

않으면 그 의미에 절대 다다를 수 없다. 당신은 지금 막
사람들이 이름조차 들어보지 못한 곳, 혹은 이름은 들어봤지만
잘 알지 못하는 작은 섬에 도착했다. 놓치고 싶지 않은 연극이
있는 대도시를 지나쳐 이곳에 왔다.

넘볼 수 없는 문화적 교양을 갖춘 당신은 아무것도 개의치
않는 여행자가 된다. 옷차림은 차량 정비소에서 막 뛰어 나온
것처럼 너저분하고, 가죽 가방은 너무 오래되어 꿰맬 수도
없는 지경이다. 가방 지퍼가 제대로 닫히지 않아 가방 속
속옷이 밖으로 빠져나와 바람을 맞아도 당신은 전혀 신경쓰지
않는다. 그뿐만 아니다. 당신은 굳이 이름난 유적지에
찾아가지 않는다. 오로지 현지 사람들이 어떻게 생활하고,
어떻게 투표하는지를 알고 싶어한다. 현지 여인들이 특이한
도구로 코를 후벼도 당신은 아무런 반감을 느끼지 못한다.
당신에게 더 중요한 것은 이곳 여성들의 인권 상황을 묻는
것이기 때문이다. 공책에는 당신의 생각들이 빼곡하게 적혀
있고, 눈앞의 풍경, 사람, 사물들은 당신의 머릿속에 새겨진
위대한 이론을 검증하는 대상이 된다.

계급은 신분이다. 여행자가 이동할 때, 계급도 함께 여행을

떠난다. 비행기 좌석 등급, 시계, 가죽 가방, 팁을 주는
방식…… 그것들은 새로운 사회에 등장한 낯선 당신의 신분을
알려주는 지표이다.

여행자의 신분이라는 것은 유지되거나 변치 않는 것은 결코
아니다. 신분은 화폐 가치처럼 국가가 바뀜에 따라 오르내릴
수 있다. 신분은 본래 스스로 결정할 수 있는 것이 아니기
때문이다. 신분은 신용카드 한도나 옷차림이 결정한다.
여권이나 언어, 피부색이 총체적으로 결정할 때도 있다.
한 필리핀 부호의 아들은 일본인 관광객 사이에 끼어 한국의
판문점을 여행했다. 그곳에서 그는 왜 아무도 자기에게 말을
걸지 않는지를 이해할 수 없었다. 프랑스 농촌에서 온
갈리아인은 평생토록 여자 친구와 교제다운 교제를 해보지
못했다. 하지만 타이완에서는 따안썬린꽁위엔大安森林公園
쓰레기통 옆에 앉아만 있어도, 아리따운 아가씨가 다가와
말을 건넨다는 사실을 발견했다. 아인슈타인이 말한
상대성이론의 증거가 여행지에서 드러나는 것이다. 목격자가
증거를 대지 않는 역사란 존재하지 못할 것이고, 한 사람의
여행자는 타향에서 언제나 숫자 0에 수렴할 것이다.

여행자는 낯선 곳에서 행인의 눈에 비친 자기 신분의 그림자를 찾아볼 수 없다. 고향을 향한 깊은 그리움은 곧 여행자를 향해 강렬하게 급습해올 뿐이다.

그는 결국 참지 못하고, 일찌감치 잊고자 노력했던 얼굴들을 떠올려버렸다. 지금 그는 그들을 몹시 그리워하고 있다.

여행은 이동하는 방식이다

———

나는 지금 이동하고 있다. 나무 뒤로 물러나고, 활주로 뒤로
물러나고, 지면 뒤로 물러나고, 도시 뒤로 물러나고, 바다 뒤로
물러나고, 구름 뒤로 물러난다. 구름이 가까워지고, 바다가
가까워지고, 도시가 가까워지고, 활주로가 가까워지고,
지면이 가까워지고, 나무가 가까워진다. 여행은 내가 이동하는
방식이다.

북쪽에 있는 도시로부터 남쪽에 있는 도시에까지, 내 몸과
짐들은 비행기를 타고 이동한다. 가끔 기차를 타거나 직접
자동차를 운전하기도 한다. 여객선도 자주 탄다. 이렇듯
다양한 종류의 교통수단이 있지만, 그것들의 공통된 목적은
'나'를 이동시킨다는 것이다.

'나'에는 칫솔과 콘택트렌즈 세정액, 신용카드, 옷, 책, 약품과
여행용 멀티 어댑터가 포함된다. 만약 개 한 마리를 이동시키려
한다면, 개가 들어갈 만한 이동 가방을 구입한 후, 목적지에
도착해서 개에게 먹을 것을 제공하기만 하면 된다. 개를 위해서

별도로 숙소를 예약하지 않아도 된다. 그러니 개가 길을
떠나는 것은 곧, 길을 떠나는 것이다. 완전히, 철저하게.
뒤를 돌아보지 않아도 된다. 그러나 사람이 길을 떠나는 것은
곧, 그의 절반 정도가 원래의 장소에 남겨지는 것이다. 다른
절반이 정리를 하고, 짐을 챙겨 떠난다.

21세기의 여행자들은 다시는 베르니에[1], 타베르니에[2],
혹은 마누치[3] 가 될 수 없다. 21세기의 여행자가 행하는 여행은
진정한 의미의 여행이 아니기 때문이다. 그냥 이동일 뿐이다.

---

1 François Bernier(162?~1688), 프랑스의 여행가이자
   의사. 1654년부터 서아시아 방면을, 1658년경부터
   약 10년간 인도를 여행했다. 무굴 황제 아우랑제브의
   시의侍醫로 총애를 받아 인도 내정을 직접 견문했다.
   이때 관찰한 인도의 정치 형태, 사법 제도, 토지 제도
   등을 견문기로 출판하기도 했다. (편집자)
2 Jean-Baptiste Tavernier(1605~1689), 프랑스의 여행가.
   가업인 지도 제판制版에 종사하다가 일찍이 유럽의
   주요 도시를 방문했다. 최후에는 인도를 목표하여
   여행을 출발했으나 모스크바에서 죽었다. (편집자)
3 Niccolao Manucci(1639~1717), 이탈리아의 여행가이자
   작가. 인도에서 거의 평생을 보냈으며 무굴제국
   궁정에서 일했다. 무굴제국의 역사와 삶을 담은 작품
   『Storia do Mogor』로 유명하다. (편집자)

21세기 여행엔, 미처 발견되지 않은 대륙도 없고, 신비롭고 구하기 어려운 향신료도 없다. 특별히 정복해야 할 밀림도 없고, 문명 밖에서 생활하는 인종도 없다. 평범한 생활의 가장자리에 존재하고 있는 것도 없다. 그저 당신의 몸으로 직접적이고, 강한 정신적 고통을 견디기만 하면 된다. 더 말할 것도 없이, 당신은 따뜻한 물, 비누, 각종 건강관리 물품, 심지어 수면용 치아 교정기까지 가지고 있기 때문이다.

당신은 이동한다. 고로 당신은 여행한다. 당신이 챙겨온 많은 서적들, 사진과 기념품. 당신에겐 시차 문제도 없다. 기운이 넘치는 당신은 객실에 앉아 지구상 어디든 당신이 살던 지역과 특별한 차이가 없다고 큰 소리로 이야기한다. 당신은 인류가 시멘트로 포장한 후의 세계를 보았고, 인류 스스로가 만들어낸 상품을 샀으며, 사진을 찍었고, 여행 이야기를 썼다.

도서관에는 케케묵은 지식들이 있다. 거기에서 우리는 이해가 부족했던 부분들만 골라 뽑아서 볼 수 있다. 대중매체에서 방송되고, 인쇄기에서 인쇄되고, 인터넷상에서 전해지는 것들을 창조적인 여행의 증거로 삼을 수도 있다. 하느님은 청중 속에 섞여 앉아서 한 손에는 당신이 서명한 책을 들고,

당신의 뻔뻔하고 경솔한 태도를 인내하고 있을 것이다.

그리하여 무지無知는 세계를 재발견하는 방법이 되었다.
그렇다. 21세기 여행자의 유일한 여행의 증거는 한 개인의
무지로부터 나온다. 태양 아래에 더이상 새로운 세계는 없다.
오늘날 콜럼버스는 반드시 천진한 영혼과 빈곤한 식견을 갖고
있어야만 계속해서 그만의 여행을 할 수 있다. 그래야만 계속
'발견'할 수 있다.

쉬지 않고 이동한다. 몸을 이동한다. 짐을 이동한다. 당신의
카메라를 이동한다. 당신이 머무는 모든 도시에 신용카드
기록과 낡은 신발이 흔적을 남긴다. 오직 당신의 영혼만이
여전히 이동함과 이동하지 않음 사이를 방황하고 있다.

낯선 향수

———

어쩌면 이렇게 쉽게 낯선 도시에 정착해버리는 걸까.
여행자는 가끔씩 자신의 냉정함에 이상한 감정을 품게 된다.
함께 여행하고 이야기를 나누던 사이좋은 친구, 즐거운
마음으로 걷던 이른 봄의 공원, 몇 번이고 다시 찾아가던 단골
식당, 매일 얼굴을 보고 인사를 나누던 꽃집 주인, 계획 없이
시간을 때우던 서점, 일상에 밀착한 작은 시장. 하지만
여행자는 다른 도시에 도착하자마자 금세 그것들을 대체할
만한 대상들을 찾아낸다. 조금도 어렵지 않은 일이다.

여행자의 생활 방식은 새로운 거주환경 때문에 바뀌는 것은
아니다. 여행자는 여전히 같은 시간에 일어나고, 주말이 되면
친구를 만나고, 매번 같은 식당에 가서 끼니를 해결하며,
서점에서 시간 때우기를 좋아한다. 집에서 가깝고, 가장 믿을
만한 잡화점에서 일상생활에 필요했던 물건들을 사거나
예정에 없던 물건을 충동적으로 사기도 한다. 작은 장사를
하는 사장과 함께 길가에 서서 머리를 젖히고는 변덕스러운
날씨 변화에 대해 이야기한다. 눈을 크게 뜨고, 아무것도 없던

하늘에서 빗방울이 하나씩 생겨나 떨어지는 것을 지켜본다.
비는 발아래 땅을 적시고, 대기는 익숙한 수증기로 가득 찬다.

여행자는 자신이 하나도 변하지 않았다는 사실에 놀란다.
생활 습관은 쉽게 없앨 수 있는 것이 아니어서, 주방의 오래된
때만큼이나 머리를 아프게 한다. 그것은 적당한 세제를
정확하게 선택한다고 말끔히 없앨 수 있는 것이 아니다. 오랜
시간 살아온 도시를 떠나왔어도 습관은 여전히 신발 굽에 붙은
그림자처럼 먼 길을 따라온다.

새로운 도시에 왔다고 해서 새로운 생활을 시작하지는 못하는
것이다. 새로운 도시에는 오래된 환경은 없지만, 이전과 같은
생활을 지속하기 위해 필요한 물건들이 충분하다. 새로운
도시는 그 모든 것을 갖추고 있다. 일상에서 떼어낼 수 없는
물건들은 물론이거니와 심지어 극도로 혐오했던
생활 요소들마저 모두 제공한다. 모든 것에 모자람이 없다.
결국 당신은 밤낮으로 늙은 개처럼 생활한다. 차를 마시고,
껌을 씹고, 디자인이 비슷한 신발을 사고, 비슷한 친구를 찾아
만나고, 비슷한 스타일의 영화를 찾아본다. 등이 굽은 각도도
변하지 않았다. 새로운 도시는 빠르게 옛 도시, 여행자가

살았던 도시로 변해간다. 당신은 무심코 사람과 땅 사이에
존재하는 감정을 발견했지만, 그 감정이 당신의 몸에는
존재하지는 않는다.

뉴욕의 아파트, 싱가포르의 아파트, 홍콩의 아파트, 카이로의
아파트, 베이징의 아파트, 도쿄의 아파트…… 여행자란
아파트와 같은 셈이다. 어느 도시에 머물고 있는지에
상관없이 정착하게 될 생활 조건을 기계적으로 완성해나갈
것이다. 은행에 가서 계좌를 개설하고, 세 들어 살 곳을 정하고,
커튼을 좋아하는 스타일로 바꾸고, 예산 안에서 취향에 맞는
가구를 들여놓을 것이다. 능력과 취미에 맞는 적당한
일자리를 찾고, 일상을 시작할 것이다. 도시의 다른 사람들과
마찬가지로 버스에 몸을 끼워넣고, 인터넷을 하고, 식사를
하고, 샤워를 하고, 사랑에 빠지고 실연을 할 것이다. 가을이
다가올 때가 이 도시의 가장 아름다운 계절이라 느끼며,
연말이 되면 새해의 시작을 계획하면서. 다른 사람과
마찬가지로, 천천히 나이를 먹어갈 것이다.

외로울 때도 있고, 그렇지 않을 때도 있을 것이다. 그 도시를
좋아하는 이유가 생기고, 반대로 그 도시에 심취하지 못하는

비판적 견해도 갖게 된다. 도시 안에는 당신이 소통하고 싶은 영혼도 있고, 반대로 영원히 피하고 싶은 사람도 있다. 당신은 이미 복잡한 현실 너머에 살고 있다고 생각하면서, 새로운 도시에서 조금씩 회복해간다. 그러나 당신은 무언가가 적당하지 않다는 사실을 깨닫지 못한다.

도시의 탄생은 인류와 땅의 절대적인 의존 관계를 가로막았다. 아스팔트 길, 고가 다리, 자동차, 은행, 현금 인출 카드, 컴퓨터 스크린, 커피를 타 먹는 방식, 시끄러운 음악을 틀어놓은 쇼핑센터, 건설 현장을 둘러싼 철조망, 오래 켜놓은 퀴퀴한 에어컨 냄새, 인공 방향제의 향과 도시인들의 냉정한 표정. 이것들이 당신에게는 곧 그리움이 된다.

처음에는 낯설지만 곧 익숙한 거리가 된다. 또 얼마 지나지 않아서는, 당신은 마치 태어났을 때부터 이 구불구불한 골목을 더듬어온 것처럼 거침없이 골목길을 드나든다. 익숙해 보이지만 사실은 낯선 카페에 앉아서도 세 시간쯤은 여유롭게 보낼 수 있다. 똑똑, 같은 리듬으로 떨어지는 빗소리를 듣고도 즐거워한다. 비가 그치고, 습기를 머금은 밤의 길을 따라 집으로 돌아간다. 후드득, 빗방울이 나뭇잎에서 떨어져

내린다. 당신은 자연의 숨결을 느끼고, 때때로 고개를 들어
빛이 새어 나오는 창문에서 누군가의 목소리를 찾는다.
여행자는 도시의 어두운 부분과 어둡지 않은 부분 사이에서,
규칙적으로 반복되는 도시의 생生과 사死를 알아차린다.
그리고는 담담하게 그 움직임을 따른다. 생활은 중단된 적
없는 악장樂章의 연주처럼 계속된다.

옛 도시를 떠나올 때 당신은 별것 아닌 일에 크게 놀랐고,
두 번 다시 그렇게 울지 못할 만큼 많은 눈물을 흘렸다. 상상
속에서 일어났던 비통함은 예정대로 진행되지 않았다. 당신은
단지 '거주'한 것에 불과했다. 당신은 여러 곳을 이동하며 사는
동물처럼 신속하게 새로운 곳에서 자신에게 가장 적합한
동굴을 찾고, 음식물을 섭취하고는 웅크린 채 봄이 오길
기다린다. 외로움에도 익숙해지지 않고, 잘 살고 있다.

봄은 반드시 오고, 여름도 없어지지 않을 것이다. 멀게는 다음
겨울이 오기 전까지, 당신은 새로운 도시에서 살아가면서
일상의 틀 안으로 안정과 만족을 견고하게 끼워넣을 것이다.

새로운 계절이 찾아온 첫째 날, 거리로 나갔다. 도시에서는
종종 오랜 친구들과 우연히 마주치는 행운이 존재하기 때문에,
나는 거리에서 마주친 누군가에게 알은체를 했다.

그는, 모르는 사람이었다.

2장.

이국 異國

모두들 영어로 이야기한다

밤 아홉시, 스페인 남부 그레나다Grenada의 한 술집. 노부인이
나를 위해 작은 요리를 대접했다. 그녀는 술에 취해 시끄럽게
이야기하는 사람들의 소음 때문에 내 귓가에 대고 소리쳤다.
"여행자들은 왜 스페인어를 배우지 않죠? 이렇게나 아름다운
언어를 배우지 않다니…… 정말 안타깝군요!" 그녀는 영어로
말했다.

여행을 할 때, 나는 영어로 이야기한다. 영어가 없다면,
비행기에서 긴급 탈출 지시를 이해하지 못할 것이고, 터키
식당에서 음식을 주문할 수도 없고, 인도에서 노점상에서
값을 깎을 수도 없고, 프랑크푸르트Frankfort 공항에서 환승하는
방법을 알아내지 못하며, 크로아티아의 역사를 이해할 수도
없을 것이다. 프랑스 친구와 교류할 수도 없고, 심지어는
화장실도 찾을 수 없다. 내가 영어로 이야기하면, 다른 사람도
나에게 영어로 이야기한다. 모두들 영어로 이야기한다.

아직도 많은 사람들이 바벨탑의 진실에 대해 추측한다.

그러나 이미 '바벨탑 이전의 언어'는 조용히 회복되어 전 세계로 뻗어나갔다.[4] 영어는 중세 유럽의 급성 전염병에 비해 저급하지 않지만, 퍼지는 속도는 훨씬 빨랐다. '해가 지지 않는' 나라였던 영국은 제국주의 시절 이후, 더욱 견고하게 전 세계적인 제국을 건설한 것처럼 보인다. 제국주의 시대와 달리 사람들은 적극적으로 영어의 도래를 반겼다. 영어의 판도는 커졌으며, 영어를 사용함으로써 경제적 이윤은 훨씬 높아졌다. 영어는 기세가 등등하게 세계를 정복해나갔다. 언어의 세계에서는 군사도 필요 없었고, 뇌물을 두려워할 필요도 없었다.

4　바벨탑은 고대 바빌로니아 사람들이 건설했다고 기록되어 있는 전설의 탑이다. [온 세상이 한 가지 말을 쓰고 있었다. 물론 낱말도 같았다. (중략) 야훼께서 땅에 내려오시어 사람들이 이렇게 세운 도시와 탑을 보시고 생각하셨다. "사람들이 한 종족이라 말이 같아서 안 되겠구나. 이것은 사람들이 하려는 일의 시작에 지나지 않겠지. 앞으로 하려고만 하면 못할 일이 없겠구나. 당장 땅에 내려가서 사람들이 쓰는 말을 뒤섞어놓아 서로 알아듣지 못하게 해야겠다." 야훼께서는 사람들을 거기에서 온 땅으로 흩으셨다. 그리하여 사람들은 도시를 세우던 일을 그만두었다. 야훼께서 온 세상의 말을 거기에서 뒤섞어놓아 사람들을 흩으셨다고 해서 그 도시의 이름을 바벨이라고 불렀다.] 라는 내용이 구약성경 창세기 11장에 전해지며, 이는 '동일한 언어'를 사용하는 인류의 타락과 비극을 주제로 하고 있다. 이 글에서 '바벨탑 이전의 언어'란 전 세계에 통용되는 한 가지 말, 영어를 지칭한다. (편집자)

52

이렇게 영어가 광범위하게 사용되는 까닭은 그 안에 어떠한 낭만적인 연상 작용이 없기 때문이다. 제인 오스틴의 교양 있는 문학과도 무관하고, 아서 왕의 검도 힘을 발휘하지 못하고, 권리장전과도 상관이 없다. 셰익스피어의 위대함이 영어의 우월함을 만들어냈다고 생각해선 안 된다. 사실은 영어의 우월함이 셰익스피어의 우월함을 만들었다고 보는 게 낫기 때문이다. 엘리자베스가 통치하던 시대의 영국에서 셰익스피어의 지위는 견문이 넓고 학식이 풍부한 사람들과는 거리가 멀었다. 한때 영어를 공부하려는 많은 외국 사람들이 읽고도 이해하지 못한 밀턴의 고서들이 잔뜩 쌓여갔다. 어려운 단어 구사 때문에 이해하기 힘들었던 밀턴의 「실낙원」은 외려 사람들로 하여금 셰익스피어의 작품을 감상하게 했다. 모살, 간통, 복수, 애정, 사망…… 셰익스피어는 통속극의 왕이었다. 외국 사람들은 영국의 셰익스피어를 선택했고, 그는 세계적인 문호가 되었다.

만약 위대한 통속극의 왕 셰익스피어가 다른 언어로 말했다면, 마치 또다른 영혼을 지닌 것처럼 보였을 것이다. 영어를 구사하는 셰익스피어는 영원토록 자신의 문장이 지닌 진정한 함의를 이해해야 할 필요가 없었다. 세계가 이미 그의 발아래에 넙죽 엎드려 절을 하고 있었다. 사람들은 「햄릿」을 자랑스러워하는 덴마크의 열광을 제대로 이해하기 위해 자연스럽게 영어를 공부하기 시작했다. 비록 이것이 덴마크에게 셰익스피어는 지금까지 한 번도 가져보지 못한 이국의 영혼임을 증명한 셈이지만 말이다. 그러나 아무도 그걸 마음에 두지는 않았다. 셰익스피어는 단지 셰익스피어인 게 아니고, 영어 또한 단순히 영어인 게 아니기 때문이었다.

중국어가 모국어인 여행자는 마치 열쇠를 줍듯 영어를 줍는다. 입을 열 때마다 열쇠로 문을 여는 것과 같다. 신분을 다시 만들고, 사상을 다시 정립하고, 행동거지를 다시 만든다. 나는 '나'이지만, 다시는 내가 아닌 것이다. 겉모습은 나이지만, 영혼은 위치를 바꾸었다.

홍콩에서는 영어를 사용해 요리를 주문하면 좀더 빨리 서비스를 받을 수 있다. 말레이시아 사람은 표준 영어를 사용하는 내가 그들의 섬에 별 흥미가 없는 것을 알아차리자마자, 처음 내게 약속했던 할인 혜택을 취소해버렸다. 프랑스에서는 몇 차례 함께 술을 마셨던 프랑스 친구가 솔직하게 고백했다. 평소 잘난 척하는 모습과는 새삼

달랐다. 사실 프랑스인들은 다른 나라 사람이 유창하게 영어를
구사하고, 그를 통해 자유롭게 세계여행을 할 수 있는 것을
부러워한다고 말이다. 미국에 도착했을 때 뉴욕 사람들은 나를
일본 관광객으로 여겼다가, 이내 내가 영어로 말을 건네자
긴장을 풀고 일상적인 대화를 나누기 시작했다.

언어 체계를 바꾸는 것은 다른 신분으로 사는 것과 같다. 중국
쓰촨四川의 전통극 변검[5] 처럼 중국의 언어와 문자라는 가면을
내려놓고자 한다면, 단순히 미학적인 사고뿐만 아니라,
세상 물정에 밝은 여행자의 생각으로 바라보게 될 것이다.

나는 영어를 사용해서 여행 정보를 얻고, 영어를 통해 더 나은
대우를 받는다. 오래된 제국의 정치·군사적 헤게모니를
뚫고 생긴, 새로운 제국의 과학·기술·경제적 헤게모니
속에서 '언어 엘리트' 계층이 탄생했다. 포스터E.M.Foster의

---

5 變臉. 순식간에 얼굴색을 바꾸는 환술. 중국 사천성의
   지방극인 천극川劇에서 극중 인물의 내적 심리를
   표현하는 일종의 낭만주의 수법이다. 각각의 전형적인
   특징을 가지고 있는 많은 가면들은 인물들의 충성, 간사,
   사악, 정의를 나타낸다. 변검은 인물의 개성을 강조하고
   감정의 변화를 돕는다. (옮긴이)

소설을 숙독하던 16세 소녀는 냉정하고 현실적인 30세 여인으로 바뀌었다. 이제 그녀는, 표준에 가까운 영어를 말할 수 있다면 인도 남부에서 메뉴판에도 없는 레몬 아이스티를 마실 수 있다는 것쯤은 알고 있다.

언어는 능력이다. 특히 영어라는 권력은 엄청난 마력을 갖는다. 전 세계를 관통하는 제국주의적 자양은 문화 권력으로 나타났다.

겨우 15분이 지났을 뿐인데, 스페인 노부인은 큰 잔 가득한 맥주를 들이마시고, 브랜디 한 잔을 또 주문했다. 포도주와 양파에 절인 버섯을 씹으며, 오렌지 주스를 마시고 있는 나를 보고 고개를 가로저었다. "술도 마시지 않고, 스페인어도 할 줄 모르다니. 당신은 정말 무엇을 놓치고 있는지도 모르는 사람이군!"

다른 곳에서 생활하다

친구는 내가 제의한 것에 대해 아무런 흥미도 보이지 않았다.
나는 박물관과 미술관을 견학하고, 역사적인 장소에 가고,
유명한 상점에서 쇼핑하고, 맛있기로 소문난 레스토랑
몇 군데를 찾아다니고 싶었다. 친구는 손을 내저으며 기운
없이 빌빌거리고 있었다.

나는 하는 수 없이 스스로를 촌스러운 관광객으로 만들어야
했다. 카메라를 메고, 입구에서 지도를 펼치고, 길을 건너기 전
눈앞에 있는 건축물을 감상했다. 같은 시간, 이 도시에서
살아가는 이들이 내 어깨를 스치고 지나갔다. 그들은 목적지가
어디인지 신경쓸 필요 없이, 자신을 기다리는 사람들을 향해
걸어갔다. 이 상황 밖에 있던 친구는 귀찮다는 듯 나를 향해
미간을 찌푸렸다. 그 순간, 이곳이 나에게는 모든 것이
신기하기만 한 도시이지만 이곳 사람들에게는 케케묵은
일상의 장소라는 사실을 문득 깨달았다.

런던에 사는 사람이라고 해서 영국 국립미술관National Gallery에

소장된 작품들을 정확히 이해하고 있는 것은 아니다. 마치
타이완 사람이 고궁박물관에 소장된 보물에 대한 질문을
받으면, 우물거리며 "거기엔 비취로 만들어진 배추가 있다"
하고 대답하는 것과 같다. 카이로 사람에게 피라미드가 어떻게
지어졌는지를 집요하게 추궁하는 것도 마찬가지이다.
결과적으로 얻게 되는 것은 두 사람의 땀뿐이다. 상대방과
나의 땀.

뉴욕에서는 자유의 여신상 뒤편에 높이 올라가 맨해튼을
바라본 적이 있는데, 뉴욕에서 자란 친구는 감상에 푹 빠진
표정을 짓고 내게 말했다. 지금까지 한 번도 이곳에
올라와본 적이 없다고 말이다. 다른 나라에서 여행온 내가
아니었다면 이곳에 올라올 생각조차 하지 못했을 거라고.
심지어 이렇게 덧붙였다.
"여기서 바라본 맨해튼이 영화에서 본 맨해튼과 똑같네."

어떤 도시에서 산다는 것이 꼭 그 도시를 온전히 이해하고
있다는 의미는 아니다. 당신은 여행지에 도착하면 어떤 호텔에
머물 수 있는지, 박물관의 폐관 시간은 몇 시인지, 이 도시의
역사적 인물이 나고 자란 옛집이 어디에 있는지 알고 싶지만,

길을 지나가는 사람들에게 물어도 제대로 된 대답을 들을 수
없다는 사실을 종종 발견할 것이다. 왜냐하면 그들은
이 도시에서 일하고, 차를 타고, 집으로 돌아가는 사람들이기
때문이다. 그들에겐 호텔도 필요 없고 박물관도 필요 없다.
그들은 어떤 왕이 자신들이 살고 있는 도시를 건설했는지,
매일 운전하며 지나가는 다리 아래에서 일찍이 어떤 연인이
이루지 못한 사랑 때문에 몸을 던졌는지 알 필요가 없다.

내 친구도 마찬가지이다. 친구는 여행 가이드북이 아니다.
단지 이 도시에서 살고 있을 뿐이다. 친구가 이 도시에
익숙하지 않다는 의미는 아니다. 그는 자신에게 익숙한 모든
것이 피곤하게만 느껴질 뿐이다. 지금 이곳, 모든 길의 생김새,
어느 길모퉁이의 노점상, 그 노점상에서 파는 물건, 지하철역
사이의 거리, 공원을 떠도는 주인 없는 개, 땅값이 높기로
소문난 노른자 땅에 위치한 레스토랑의 테이블 회전 속도……
그 모든 것이 친구의 지식 그물 안에 걸려든다. 친구는 생각할
필요가 없을 만큼 빠른 속도로 이 도시의 세부사항을 묘사할
수 있다. 친구의 매일 아침, 잠에서 깨어 창밖을 바라본다.
그에겐 날씨마저 일상의 스케줄 안에 들어가 있다.

이 도시에 잠시 머무는 사람들은 피곤한 눈빛으로 친구가
살아가는 도시를 바라보고, 자신의 생활과 생활 속에 들어와
있는 친구를 바라본다. 친구는 여행자가 이 도시가 위대하다고
칭찬하는 것에 수긍하며 고개를 끄덕인다. 하지만 사실 친구의
생각은 아직 제 눈으로 보지 못한 다른 도시에 있다.

그에게 그것은 완전히 새로운 도시로 다가온다. 그 도시는
그렇게 무미건조하지 않다. 어쩌면 생활 방식이 아주 다른
도시일지도 모른다. 천 리 길이나 되는 먼 길을 힘을 들이고,
마음을 써가며 돈을 쓰고, 잠자는 것을 잊고, 찾아갈 만한
가치가 있는 도시. 이것이 여행자의 눈에 비친 친구의
도시이다.

어느 날, 포르투갈 문인인 페르난도 페소아가 집을 고치면서
만든 대나무 울타리를 지나쳤다. 무심코 울타리 틈새를 통해
밖을 내다보다가, 풍경 하나를 보았다. 가슴이 두근거렸다.
그때, 그는 어떤 여행자보다 훨씬 멀리 걸어갔다.

문화의 색채

나는 지금 싱가포르에 있는 프랑스 레스토랑에 앉아 있다.
이틀 후에는 런던에 있는 인도 레스토랑에 앉아 있을 것이다.
일주일 후에는 파리에 있는 레스토랑에 도착해 메뉴판을
보다가, 그곳이 태국 요리 전문점이라는 사실을 알게 될
것이다.

어느 날 오후, 홍콩 중심가에 위치한 카페에서 한 노부인이
사각사각 소리를 내며 중국식 튀긴 두부를 커피와 함께 먹는
것을 보았다. 옆에 놓인 작은 접시에는 붉은색 고추 소스가
담겨 있었다. 커피와 중국식 두부는 노부인이 오후에 즐겨
먹는 간식일 것이다. 그러나 특별히 놀라운 장면은 아니었다.

산업혁명이 시작되고 첫번째 철길이 만들어졌을 때, 정보도
함께 이동하기 시작했다. 전혀 다른 모습이었던 지역들은
서로를 모방했고, 사람들이 이주하기 시작하면서 지역 간
경계도 모호해졌다. 비행기가 등장하면서부터는 이동 속도가
더욱 빨라져 세계 각 계층들이 뒤섞였다. 전보와 전화의

상용화는 전 세계가 시차 없이 생활하도록 만들었다. 인터넷은 결정적인 역할을 더했다.

그리하여 우리는 한 시대에 들어왔다. 더 이상 피부색만으로는 국적을 분별할 수 없고, 언어로 지정학적 경계를 나눌 수 없으며, 옷차림으로 신분을 구별할 수 없는 시대를 살게 된 것이다. 음식은 문화를 식별하는 마지막 지표가 되었다. 당신은 피부가 검은 한 사람을 가리키며 그(녀)가 코트디부아르에 있는 아이보리 해안에서 왔다고 확신할 수 없다. 하지만 레몬테트라를 가리키며 그것이 태국 요리라고 확신할 수는 있다. 당신이 그렇게 행동해도 항의할 사람은 없을 것이다.

국제적 대도시로 알려진 도시들은 한결같이 서로 다른 문화의 레스토랑을 갖고 있다. 태국 요리, 브라질 요리, 프랑스 요리, 인도 요리, 중국 요리, 일본 요리…… 스스로가 문화를 융화시키는 커다란 용광로인 것을 증명함으로써, 도시가 풍부한 '문화'를 통섭하고 있음을 증명하는 것이다. 그러니 당신이 살고 있는 도시가 '세계적'인 곳인지 알고 싶다면, 얼마나 많은 국가의 음식을 선택할 수 있는지를 살펴보면

된다. 마찬가지로 당신이 다른 민족과 다른 개성의 문화를
얼마나 수용할 수 있는지 또한, 당신이 낯선 음식을
받아들이는 태도에 따라 결정된다.

"홍콩은 국제적인 대도시야. 갓 내린 커피와 튀긴 두부를 함께
먹을 수 있으니 말이야." 친구가 말했다. 나는 멍한 표정을
거두었다.

날이 갈수록 인공적이고, 환상적이고, 전자화되어가는
초현실적인 환경 속에서 거의 모든 유기동물과 무기물은
복제되고, 이식되고, 개념화된다. 그 속에서 오직 음식만이
견고하게 원시적인 환경과 연결되어 있다.

음식과 환경은 탯줄로 연결된 엄마와 아이처럼 긴밀하게
연결되어 있기에 음식은 지역적인 제한을 갖게 된다. 미국
뉴욕에서도 인도 캘커타의 건축물이나 도자기, 빗,
스테이플러를 똑같이 만들어낼 수 있다. 하지만 완전히 똑같은
향료를 재배할 수는 없다. 만약 당신이 인도에서 향신료를
직수입했거나 옮겨 심었다고 해도, 인도 현지의 날씨 속에서
그 요리사가 얼마나 다양한 종류의 향료를 사용해 당신의

미각을 자극시키고, 기분좋게 식사를 마치게 했는지는 알 수
없다. 당신은 그저 그때 그 맛을 모방할 뿐이고, 추측할 뿐이며,
추억할 뿐이다. 같은 이치로, 당신은 타이베이에서 세상에서
가장 맛있는 스시를 만들 수는 있을 테지만, 고유한 맛을
낼 수는 없다. 가장 고유한 것이 꼭 가장 맛있는 것은
아니기 때문이다.

당신은 컴퓨터를 통해 오타 벵가[6] 와도 친구가 될 수 있고,
샌프란시스코 금문교Golden Gate Bridge에서 석양을 감상할 수 있
으며, 밀라노의 유명 상점에 들러 바지를 살 수 있다. 그 모든
과정에서 당신의 몸이나 경력 같은 것들을 사용할 필요는
없다. 하지만 베이징의 탕후루[7]를 먹고 싶다면, 반드시 컴퓨터
세계에서 빠져나와 물질세계로 돌아와 탄수화물로 이루어진
육체를 사용해 직접 탕후루를 베어 물어야 한다.

---

6 Ota Benga, 20세기 초, 미국인에 의해 강제로 뉴욕에
   끌려온 아프리카 원주민.
7 糖葫蘆, 명자나무 또는 산사나무 열매를 꼬치에 꿰어,
   설탕물이나 엿을 발라 굳힌 것. 베이징의 대표적인
   간식이자 길거리 음식이다. (옮긴이)

몸은 문화를 기억한다. 내가 먹는 음식이 곧 '나'다.
이제 우리는 요리사를 요리사라 부르지 말자.
'예술가'라 부르자.

렌즈

여행자는 제한된 틀을 통해서 세계를 인식하고 감상한다.
그리고 세계를 기록한다. 제한된 틀은 스스로가 만든 편견에서
나온다. 하지만 그보다 더 많은 편견은 카메라 렌즈로부터
나온다.

21세기의 여행자는 여행을 떠날 때 모자를 챙기지 않는다.
양산도 쓰지 않고, 도시락과 물병도 챙기지 않는다. 그 대신
카메라와 비디오 레코더는 반드시 챙긴다.

일찍이 인류가 창안한 예술은 어느 시기까지는 '똑같이
모방하는 것'을 목표로 삼았다. 잘 그려진 그림을 감상하고는
최고의 칭찬으로 "똑같이 그렸네!"라는 말을 했다. 무엇을
'똑같이' 그렸다는 걸까? 우리가 살아가는 세계를 똑같이
그려냈을까? 21세기의 여행자는 멕시코 아카풀코의 암벽
기둥에 서 있다. 쪽빛 하늘과 푸른 바다는 인류가 흉내낼 수
없는 색을 지녔고, 소금기를 머금은 바닷바람은 콧방울을
적신다. 알 수 없는 충동에 젖은 여행자는 감탄한다.

"정말 한 장의 사진을 보는 것 같아. 저 풍경을 가위로 오려서
엽서로 보내고 싶어."

금속으로 만든 렌즈에 여행자의 시선이 가득 찬다. 틀은
경직되어 있지만, 눈앞의 영상은 끝없이 펼쳐져 활기를 띤다.
그 입체적인 풍경들은 렌즈를 통해 들어오며 점차 평면화된다.
한 장 한 장, 한 쪽 한 쪽, 풍경 하나 하나…… 매일 쓰지 못하고
드문드문 적어 내려간 일기장이나 가계부처럼 여행자의
여정을 기록한다.

과학기술의 발명과 발전으로 누구나 쉽게 영상을 만들 수 있게
되었다. 예전에는 오직 화가나 작가의 타고난 상상력과
재능만이 세계를 기록할 수 있다고 믿었다. 하지만 지금은
작은 사진기 한 대만 있으면 누구나 세계를 기록할 수 있다.
도덕적인 용기도 필요하지 않고, 미학적인 훈련이나 난해한
사상 같은 것도 필요하지 않다. 손가락만 잘 사용하면 영상을
만들어 세상에 내놓을 수 있다.

카메라 렌즈와 영상을 생산하는 능력은, 인류에게 말로 표현할
수 없는 자신감을 안겨주었고 세계의 낯선 얼굴을 마주할 수

있게 해주었다. 렌즈의 앞과 뒤는 '보는 것'과 '보이는 것'의 불균형한 위치를 만들어, 누가 '검증될' 것인지를 결정하기 때문이다. 카메라를 들고 렌즈 뒤에 서 있는 인간은 '검증하는' 주체가 된다.

그것은 안전한 위치에 있다. 창조나 행동이 필요하지 않으며 근심 걱정 없이 뒤로 물러서서 보기만 하면 되는 것이다. 영화관에 앉아 있는 관객들은 어두운 그림자 안에 숨어서 눈앞에 펼쳐진 광경을 보고 정서적으로 참여할지 말지를 선택하면 되는 것처럼 말이다. 진짜 같은 경험을 할 수 있고, 약간의 손해도 보지 않고 떠날 수 있다. 여행자의 카메라란 몸에 지니고 다니는 영화관과 같아서, 당신은 항상 '보는' 주체에 있고 보호받고 있다. 렌즈 또한 보호받고 있다.

전쟁터에 존재하는 총에 들어 있는 진짜 총알 같은 인생을 살 필요는 없다. 마치 어항을 사이에 두고 금붕어가 헤엄치는 것을 보는 것과 같다. 금붕어가 전력을 다해 헤엄치는 것을 볼 수는 있지만, 금붕어의 비린내를 함께 나눌 필요는 없는 것과 같은 이치다.

게다가 이런 인생은 '소장'될 수도 있다. 렌즈가 세계를
소장하는 방식은 사냥꾼이 사냥물을 죽여 얻는 피와 같지
않고, 나비 표본처럼 참혹하고 애달프지도 않다. 영상은
깨끗하고, 간결하고, 저렴한 가격으로 큰 힘을 쓰지 않고도
얻을 수 있다. 사진이나 비디오테이프는 위협적이지 않은
방식으로, 아무런 반항 없이 세계를 당신의 집으로 옮기고
조용하게 당신의 장롱 속에 눕힐 수 있다. 그러나 그 세계는
당신의 소환을 기다리거나 쉽게 잊힐 것이다.

세계적인 스타들은 곳곳에 흩어져 있고, 통제력을 잃은
영화광이나 파파라치인 여행자 또한 세상 어디에나 있다.
그들로 인해 스타는 언제든 영문도 알지 못한 채 세계로
진입하는 길을 차단당한다. 스타가 태양으로부터 보호받고
달로부터 위안을 얻는 것과는 상관없이, 여행자는 재빨리
카메라를 들어 스타의 일거수일투족을 찍어낸다. 스타가 숨지
못하게 만든다. 아무리 아름다운 스타라고 해도 이런 고통을
참아내기는 쉽지 않다.

과도한 영상은 이미 범람 수준에 이르러, 오히려 그것이 줄 수
있는 감동의 가능성까지 줄어들게 만들었다. 기차의 창문이나

자동차 앞좌석의 유리창은 마치 네모반듯한 극장의 스크린 같아서 여행자로 하여금 익숙함을 느끼게 한다.

여행자는 그 익숙함을 참지 못하고 하품을 한다. 두 눈을 감고, 열차나 차의 규칙적인 흔들림에 몸을 맞춰 깊숙한 잠의 세계로 빨려 들어가기 시작한다.

나는 보았네, 천국의 섬을

여름날 고요한 오후, 루마니아. 집시 오누이가 장난을 치고
있다. 어디에서 그런 오래된 수갑을 가져왔는지 알 수 없지만,
누나가 먼저 남동생의 손목에 수갑을 채웠고, 곧 남동생이
누나에게 수갑을 채우더니 누나를 끌고 길을 나선다. 아이들은
골목이 시작될 때부터 끝날 때까지 한결같이 즐겁게 놀며
웃음소리를 쏟아낸다. 나는 카메라를 꺼내어 셔터를 누른다.
오누이는 잠시 어리둥절해하더니 계속해서 서로에게 수갑을
채우며, 내 앞뒤로 오가며 뛰어논다. 그러곤 시원스레 목청을
높여 노래를 부른다. 오누이의 눈동자는 맑게 빛났고, 귀여운
표정이 나를 행복하게 만들었다. 나는 또다시 사진 한 장을
찍는다. 오누이는 내게 격려라도 받은 듯이 점점 더 크게
노래를 부르고, 박자에 맞춰 발걸음을 내딛었다. 두 아이가
새로운 스텝으로 춤을 추는 바람에, 꼭 나만을 위한 길거리
아동극을 보는 기분이 들었다.

카메라를 다시 꺼내들었다. 그러다 문득 무언가를 깨닫고
카메라를 다시 주머니에 넣었다. 나는 아이들의 머리를

쓰다듬고는, 길모퉁이를 돌아 다른 골목으로 향했다.

타인의 시선은 관찰 당하는 사람으로 하여금 자신의 존재를
의식하고 행동을 조작할 필요를 느끼게 한다. 공연의 분위기는
시선을 알아차리지 못하는 상태에서 자연스럽게 만들어진다.
그러나 여행자의 시선이 개입하는 순간부터 관중이 생겨나고,
그때부터 현지 사람들은 조명을 받으며 몸을 흔들고 연기하는
연기자가 된 느낌을 받게 된다.

외국인 여행자 앞에서 타이완 사람들이 어쩔 수 없이
중화문화의 대표처럼 연기할 수밖에 없는 것도 같은 이유다.
나는 더이상 '내'가 아닌 순수한 개체가 되기 때문이다.
'나'는 하나의 샘플이다. 여행자의 눈은 이 샘플을 통해 한 사회
혹은 문화의 발전 궤적을 이해할 수 있기를 바란다. 나의
일거수일투족은 그들이 '나'라는 개인을 인식하는 근거가
되기보다는, 그들의 눈앞에 생생하게 살아 있는 문화의 증거가
되어, 그들이 '검정색 머리카락과 살색 피부를 지닌 종족이
오천 년 동안 만들어낸 오랜 문명과 현대문화의 풍모'를
이해하는 초석이 될 것이다.

나는 내가 아니다. 나는 연기자다. 그들은 연극을 보러 왔다.
게다가 시간도 충분하지 않다. 하루, 사흘, 길어도 이십여 일
남짓한 그들의 여행 기간은 내 연극의 시간표가 된다.

무대에서 연기할 프로그램의 내용은 현지 사람이 주도할
테지만, 그 맥락을 이해하는 방식은 여행자의 사고와 그들의
문화적 위치에 따라 달라지고 새로운 의미로 확장된다.
발리 섬을 둘러싼 에메랄드빛 바다는 원래 자연스럽고
단조로운 풍경의 일부였지만, 여행자의 환호를 모으면서
천국의 상징이 되었다. 대나무를 엮고 베를 짜는 발리 섬
사람들의 생활 방식은, 모든 것을 기계에 의존하게 된
여행객들의 눈물샘을 자극하더니 급기야 인류가 이어온
예술 창조력의 증거로 여겨지게 되었다. 샘물이 흘러나오는
대나무 통 아래에서 샤워를 하는 것은 현지 사람들에게는
단지 몸을 씻어내는 방식이지만, 낭만적인 여행객들의 눈에는
발리 섬 사람들이 에덴동산의 혈통을 잇는 것처럼 비쳤다.

차라리 발리 섬을 진짜 천국의 섬으로 믿는 게 나을지도
모른다. 그곳 사람들은 근면성실하고, 토착 문화는 견고하고,
자연은 아름답다. 섬 밖에서 한 명의 여행자가 들어오면,

더 많은 여행객이 그 뒤를 따른다. 여행자는 다른 문화에 대한
호기심 혹은 견문을 넓히고 싶은 갈망 때문에 여행을
떠나왔다. 물론 단순히 쉬고 싶은 마음 때문에 여행을 온
사람도 있다. 여행자 역시 자신의 문화적 가치와 다른 삶을
추구하는 바람, 그들 사회의 문화적 형식을 가지고 온다.
이처럼 보이지 않는 문화의 상호교류는 서로 다른 문화끼리
가치를 공유하게 함으로써, 여행자에게 약간의 성과를 주고
현지 사람들에게 자기 문화의 목표를 되돌아보고 판단할 수
있는 기회를 준다.

여행자의 눈은 현지 문화에 대한 감탄과 경멸을 동시에
드러낸다. 그 시선을 받아야 하는 현지 사람들은 여행자의
눈에 비친 스스로를 인식한다. 연기자가 관객의 반응을 보고
자신의 연기력을 헤아리는 것과 같다. 그 연기에 잠재능력을
갖고 있는 일부 현지 사람들은 그것이 돈이 될 수 있다는
가능성을 깨닫고 자신을 잘 보여줄 수 있는 한 가지 일을
배운다. 연극을 보고 싶어하는 누군가가 있다면, 기꺼이
연극을 해서 그들에게 보여주는 것이다.

여행자들이 보고 싶어하는 발리 섬을 보여줄 수 있게끔,

발리 섬 사람들의 일부는 상업 극장의 경영자처럼 가장 쉽고 천박한, 문화 기호에 가장 잘 어울리는 프로그램을 대량으로 만들어 일 년 내내 보여준다. 싼 값으로 원시적인 분위기를 충만하게 느낄 수 있도록 한다. 한 세기 동안의 관광 수입으로 발리 섬은 이미 인도네시아에서 가장 풍요로운 성省 중의 하나가 되었다. 하지만 지금도 발리 섬을 찾아온 여행자들은 야외에 조야하게 만들어진 대나무 통 샤워 시설을 갖춘 사유주택, 오래된 신상神像을 싸게 파는 상점, 전통적인 수공예 방식으로 만든 예술품 등을 볼 수 있다.

그뿐 아니다. 비행기에서 내리면 누군가가 플루메리아로 만든 화환을 머리에 씌워준다. 세관으로 이동하면 발리 섬의 춤과 노래를 감상할 수 있고, 여행 가방을 찾기 위해 컨베이어벨트 앞에 서 있으면 '천국의 섬에 오신 것을 환영합니다'라는 방송을 들을 수 있다. 공항 곳곳에서 가장 명랑하고 유쾌한 목소리로 여행자를 반기는 환영사가 울려 퍼진다. 길을 걸으면서도 마찬가지다. 현지 사람들이 끊임없이 여행자를 향해 순박한 미소를 짓는 탓에 여행자는 혹시 바짓가랑이라도 찢어진 것은 아닌가 하고 살펴보게 될 정도이다. 공기중에 위선적인 냄새가 떠돈다.

이 때문에 여행자는 기분이 나빠진다. 다가와서 말을 붙이는 현지 사람들 모두를 의심하게 된다. 그들이 자신의 지갑을 털어갈지도 모른다고 생각한다. 그들은 여전히 여행자를 보고 웃고 있다. 여행 가이드북에는 이렇게 적혀 있었다. '발리 섬 사람들은 손님을 접대하는 것을 좋아합니다. 그것을 마음껏 즐기세요.'

나는 지금 발리 쿠다 거리에 서 있다. 이곳은 발리 섬에서도 관광객이 가장 많이 찾아오는 곳이다. 관광객들은 하나같이 몸에 실오라기 하나 걸치지 않은 채 히피 슬리퍼를 신고 있다. 그들은 연신 땀을 닦으며, 관광산업 때문에 발리 섬의 순수한 풍토와 인정이 망가진 것에 대해 성토한다.

"이 모든 게 자본주의의 탐욕스러운 팽창 때문이야! 자본주의가 여행의 진정한 묘미까지 파괴하고 있어." 한 프랑스 사람이 분노하며 한숨을 내쉬었다. 그는 강렬한 태양 때문에 가느다랗게 실눈을 뜨고 있었지만, 흥분한 탓인지 눈동자가 반짝반짝 빛이 났다. "이건 내가 보고 싶어했던 발리 섬이 아니야!"

"그럼 어떤 발리 섬이 보고 싶었는데?"

그는 잠시 망설이더니 단호하게 말했다. "여기 오기 전에 나는
쪽빛 하늘과 백옥 같은 모래사장, 친절한 사람들, 오래된 사원,
전통문화와 아름다운 공예품을 보고 싶었어. 그리고
그림자극에 나오는 인형을 사서 돌아가고 싶었다는……"
그는 갑자기 이야기를 멈추더니 씨익 웃었다. 그때 우리가
그림자극에 나오는 인형을 판매하는 상점 입구에 서 있던
것이었다. 여행자의 눈은 변변찮은 것도 훌륭한 것으로
만들어낸다.

아주 오랜 시간이 지난 뒤에야 나는 '여행자의 눈을 위해
존재하지 않는' 도시를 감상하는 법을 익히게 되었다.
여행자의 시선은 하루나 이틀 혹은 이십여 일이 지나면 막을
내리지만 현지 사람의 생활은 평생 동안 이어진다는 것을
오랜 여행을 통해 이해할 수 있었다. 현지 사람들은
그들의 삶을 엿보고 싶어하는 여행자들의 호기심과 욕심을
위해서 생활해서는 안 된다. 그들은 마땅히 자신과 자손을
위해서 살아가야 한다. 자신들의 필요에 따라 도시를
만들어 가야 하지, 여행자의 눈을 의식해서 일상 공간과 전혀

어울리지 않는 건축물을 만들거나 보여주기식의 공연을
해서는 안 되는 것이다.

"한국엔 놀 만한 게 없더라. 재미가 하나도 없어."
여행을 떠나기 전날, 친구가 이메일을 보내왔다.

그후 나는 이틀 동안 서울을 돌아다녔다. 빠른 속도로 도시의
풍경을 샅샅이 둘러보았다. 셋째 날부터는 숙소에 머물면서
글을 쓰기 시작했다. 매일 바깥 산책을 했고, 생활필수품을
샀고, 가까운 카페를 작업실 삼아 글을 썼다. 많은 한국인들이
내게 한국어로 길을 물어봤다. 내가 외국인이라는 걸
알아차리지 못했던 거다. 외려 참 기뻤다. 그것이야말로 내가
현지 생활에 완전히 융화되었다는 의미이고, 스스로가 여행의
배경 중 하나가 되었다는 뜻이기 때문이었다. 나는 한국에서
일과 생활을 꾸려가는 상황을 상상해보았다.

그러다 문득, 여행자에게 결코 우호적이지 않은 도시, 뉴욕이
생각났다. 뉴욕으로 여행을 떠났던 친구들 대부분이 크게
실망을 하고 돌아왔다. 뉴욕에서 살았던 사람들조차 뉴욕이
자신들의 진정한 집이라고 생각하지 않았다.

그러나 나는 이처럼 여행자의 신분을 외면하는 도시를
좋아한다. 그 도시에서 산책할 때 자유롭게 느끼고 숨쉴 수
있으면 된다. 현지 사람들은 묵묵히 일을 하고, 학교에 가고,
쇼핑을 즐기고, 길가에 서서 대화를 나누고, 아이와 함께
산책하고, 레스토랑에 앉아 식사를 한다. 전철에서 신문을
읽고, 청소하고, 일출을 보고, 지는 달을 감상하고, 옆에 사람이
없는 듯 착실하게 그들의 삶을 살아간다. 그 고귀한 생활
태도가 나를 감동시킨다.

문화는 아름다운 것이고, 전통은 미혹적인 것이다. 이런
추상적인 가치는 박물관의 두꺼운 유리관을 떠나서 세속의
거리와 골목에 도착했을 때에야 생생해진다. 심각하고
진지한 지식을 벗어내고, 사는 동안 마주할 수 있는 진정한
기쁨이 된다.

결혼식과 장례식

———

헝가리에서 루마니아로 가는 길을 재촉한다. 순식간에 지나온,
내가 읽을 수 없는 이름들과 읽기는 했어도 금세 잊어버린 작
은 도시의 이름들. 작은 도시들은 하나같이 풍경이 똑같다.
관광자원이라고 할 만한 것들이 없다. 그래서 차들도 멈춰
서지 않는다. 차창 밖으로 스쳐 지나간 첫번째 작은 도시에서
는 결혼식이 열리고 있었다. 신랑 신부가 선두에 서서,
친인척이 만든 긴 행렬을 이끌고 소도시 전체를 걸어 다닌다.
도시 곳곳 길을 따라 걸으며 다른 사람들에게 그들의
결혼 소식을 알리고, 축복을 받는다. 다음 소도시에서도
내가 탄 차는 여전히 속도를 줄이지 않았다. 다른 한 쌍의
부부와 친인척들은 기쁨에 겨워 천천히 거리를 걷고 있었다.
내가 탄 차는 그 곁을 무심히 지나쳐갔다.
계속해서 루마니아로 향했다.

토요일 새벽, 여행객을 태운 차는 아주 빨리 여섯 개의
결혼식과 두 개의 장례식을 지나쳤다. 인생은 한 번의 여행
때문에 멈춰 서지 않는다.

이곳저곳

—

여행을 떠나는 목적이 즐겁기 위한 것만은 아니다. 도망치기
위한 경우가 더 많다. 실패한 인생은 잔인한 재해나 한 차례의
전쟁을 겪은 탓에 여행길에 오른다.

이런 여행은 방을 잘못 찾아 들어가 전화를 빌리고 미치광이로
오인되어 갇히게 되는, 마르케스의 글 속 신비한 경험처럼
두렵고 황당한 것이라 어찌할 방법이 없다. 절대 사실이
아니며 악의적으로 시작된 농담이지만, 절대 고소할 대상을
찾을 수가 없는 것이다. 대부분의 시간은 소리가 나지 않는
영화 같아서, 입을 크게 벌리고 고통스럽게 소리를 질러보아도
본인조차 아무 소리를 들을 수 없다. 원망할 자격이 있는지에
대해서도 스스로는 정확한 판단을 내릴 수가 없다.

하지만 당신은 이미 이곳에 왔다. 기억은 상기되는 것을
거부하고, 지나온 흔적들은 바람에 평평해지고, 몸은 새로운
환경의 기후와 습도에 따라 바뀌어간다. 갑자기, 당신은
누군가의 목소리를 듣는다. 목소리는 돌아오라고 말하고

있다. 당신은 그곳에 어울리지 않으니 어서 이곳으로
돌아오라고 말이다. 당신은 사방에서 목소리의 출처를
찾는다. 출발할 때 내버려둔 등 뒤편에서 나오는 소리다.
몸을 돌리고, 고개를 숙여 발아래로 당신이 서 있는 곳을
내려다본다. 당신은 이곳과 그곳의 상대성에 대해 생각한다.
당신의 이곳은 그들의 저곳이며, 그들의 이곳은 당신의
저곳이다. 이곳과 저곳, 당신이 정말로 미혹된 것은
'그들이 누구인가' 하는 것이다. 당신은 또 누구인가?
왜 그들은 귀속歸屬의 문제를 논해야만 하는 걸까?

한 번은 마지못해 떠났지만, 여행은 이미 시작되었고,
시간은 역사가 되었으며, 여정은 거리로 변해 여행자의 신분을
모호하게 만들었다.

여행자는 어물어물 주머니에서 여권을 꺼냈다. 여권 위에 있는
바코드와 문자가 그의 일생을 설명해줄 수 있다. 입국심사대의
직원은 고개를 가로저으며 비자 기간이 경과했고, 여권 위에
얼룩이 있어서 효력을 상실했다고 알려주었다. 심지어
이 여행자의 국가는 하나가 아니다.

입국심사대의 직원은 도대체 당신은 누구인지 묻는다. 그러나
여행자는 자신이 어느 나라의 여행자인지 분명하게 말할
방법이 없었고, 소거법으로 자신이 '누가 아닌지'를 묘사하기
시작했다. 나는 스파게티를 먹지 않는다. 마차Matcha를 싫어하고,
절대 교회에 나가지 않으며, 중국 가구를 사지 않는다.
단 한 번도 마이크로소프트사社가 전 세계를 점령하고 있는
문제에 대해 생각해본 적이 없다. 마오둔茅盾을 그다지
좋아하지 않고, 마오쩌둥毛澤東을 숭배하지 않는다.
유럽 사람과 함께 있을 때, 나는 스스로를 아시아 사람이라고
말하며, 인도 사람과 함께 있을 때에는 중국 사람이라고
말하며, 중국 대륙에서 성장한 사람들과 같이 있을 때에는
타이완 사람이라고 말한다.

'차이'는 사람들이 자신의 범주를 받아들이는 하나의
방법이다. 우리는 언제나 스스로가 아무것도 아니라고
말하지만, 동시에 자신이 누구인지를 증명해 보이려고 한다.
하지만 국가와 국가의 경계에서 그들은 철학적인 대답을
기다려주지 않는다. 그들은 당신 피부색의 좋고 나쁨, 당신이
가진 이상과 현실 사이 거리, 성생활의 좌절, 당신을 고무하는
좌우명 혹은 당신이 자주 사용하는 개념 묘사를 아는 데에

시간을 낭비하기를 원하지 않는다. 그들은 당신이 한 국가의
명칭을 입 밖으로 내뱉기를 기다릴 뿐이다.

국가가 당신의 신분이다. 당신은 우샤오밍吳小明이 아니다.
'계란 장조림' 같은 별명도 갖고 있지 않다. 당신에겐
부모님도 안 계시고, 직업 구분도 없으며, 심지어는 성별도
없다. 그러니 당신의 감정과 욕망을 이야기하는 데 시간을
낭비하지 말자.

당신은 그냥 '사람'이 아니다. 당신은 한 명의 '중국' 사람,
'미국' 사람, '모잠비크' 사람, '이란' 사람, '부탄' 사람이다.
따옴표 안에 든 명사는 "그들"이다. 그것들은 당신이 향수鄕愁를
느끼게끔 만들고, 타향에서 느끼는 과도한 기쁨이 죄스러운
행동인 것처럼 받아들이게 한다. 이런 세상은 당신이 태어나기
전부터 이미 존재해왔다. 그들은 그들의 존재가 개미 목숨처럼
보잘 것 없는 당신의 존재보다 훨씬 큰 것이길 요구할 것이다.
당신이 잊을 수 없도록, 그들은 밤낮없이 당신의 침대에
다가와, 눈을 방울같이 크게 뜨고 당신을 겁에 질리게 하고,
당신보다 먼저 겪어온 삶에 대해 하소연할 것이다. 이리저리
뒤척이느라 잠들지 못하게 할 것이다.

정신이 모호해진 사이 당신은 깊은 잠에 빠졌고,
익숙한 듯하면서 아득하게 먼 얼굴을 보았다. 꿈속 세계가
떠올랐고, 사방을 둘러쌌다. 당신은 잠에서 깨자마자,
여행을 결정했다.

이제 도망칠 시간이 되었다.

언어

——

언어가 통하지 않는 것은 여행을 아름답게 만든다.

낯선 나라에서 언어 장벽을 넘어서기란 쉽지 않은 일이다.
여행자가 할 수 있는 거라곤 현지 사람들에게 조용히 미소를
지어 보이는 것뿐이다. 침묵은 적의가 아니며, 가장 아름다운
분위기를 만들어낸다.

언어를 잃어버린 고요 속에서는, 루마니아의 가난과 낙후마저
온화한 풍경이 되어 기쁘게 감상할 수 있는 무엇이 된다.
얼룩덜룩하게 망가져 있는 벽은 물감이 자연스럽게 뒤섞인
한 폭의 추상화 같다. 매일 10킬로미터씩 걸어 나가 물을
길어오는 노부인은 소박한 미덕의 화신이 되었다. 겨울에는
눈이 2미터 가까이나 쌓이는 재미있는 북극의 경치를
보여주기도 한다. 표면이 갈라진 아스팔트 길 위로 늙은
소 한 마리가 지나간다. 비록 교통은 불편하지만, 눈으로
즐겁게 감상할 수 있는 시골이 재미있다.

일단 같은 언어로 말을 하게 되면, 여행자는 현지 사람들의 삶이 녹아든 진정한 분위기를 직접 교류할 수 있다. 상대방 생활의 고단함, 희망이 수포로 돌아갔을 때의 불만, 돈이 부족해서 생기는 고통이나 개인의 정치적 견해 같은 것들을 나누는 것이다. 그러면 당신은 냉담할 수 있는 권리를 잃어버린다. 상대에게 거리를 두고 이상한 말을 이해해야 하는 상황은, 어쩔 수 없이 자질구레한 풍경 속으로 당신을 끌어들인다. 루마니아는 이제 더이상 21세기 이전의 유럽 풍경을 지닌 낭만적인 국가가 아니다. 빈곤한, 평형을 잃은 땅 덩어리에 불과하다. 거기에는 두려워하고 불안에 떨고 있는 사람들이 살고 있다.

오래된 것은 품격이 아니라 빈곤이다. 근면은 미덕이 아니라 어쩔 수 없이 존재하는 생활 방식이다. 가난하지만 행복해 보였던 한 노부인은 입을 열자마자 눈물을 쏟아냈다. 공산주의가 그녀에게 가져온 고통 때문이었다. 국가 경제의 붕괴로 자녀들은 국외로 이주했고 그녀 혼자만 루마니아에 남겨졌으며, 겨울에는 큰 눈이 내려 며칠씩 집에 갇혀 지내야 했으며, 물이 부족하고, 전기가 끊기고, 가스도 없다고 했다.

언어가 주는 직접적인 충격은 여행자에게 두 눈을 크게
뜰 것을 요구한다. 여행자는 비로소 낭만에서 깨어난다.

여행 경험이 풍부한 한 영국 여행객은 계급, 사회의식, 돈,
성별, 국적을 제외하면, 사실 모든 사람들이 다 똑같다고
말했다. 그는 가끔씩 영국 동포보다 언어가 통하지 않는
크메르Khmers 사람과 훨씬 더 쉽게 교류할 수 있다는 사실을
발견하기도 했다. 같은 언어를 구사한다고 해서 친구 되기가
쉬운 것도 아니었고, 같은 언어를 말하지 않아도 왕왕 아주
빠른 속도로 사랑에 빠져들 수도 있었다.

언어가 통하지 않을 때, 여행자와 현지 사람들 간의 차이는
문화성과 비사회성으로 알아차릴 수 있다. 현지 사람들은
여행자가 자신들의 관념과 부합하지 않은 행동을 하거나
세상의 불합리한 모든 것에 분개하고 증오하는 것을
용인해주고, 특이하다고 받아들여준다. 게다가 여행자가
현지 문화에 동화되지 못하거나 어울리지 못해도, 여행자가
우둔해서 아무런 감동을 주지 못해도 그것들을 당연하게
여겨 조용하고 너그럽게 포용한다.

언어를 벗겨낸다. 언어를 벗겨내면, 언어를 위해 건립된
모든 사유 체계 또한 벗겨진다. 사람을 경계하지 않고
본성을 드러내며 상대를 순수하게 마주하게 된다.
어떠한 사회의 통념도 개입되지 않는다. 진실하고 평등한
대접만이 남는다.

일단 같은 언어로 말을 하게 되면, 모든 것이 겹겹이 벗겨졌던
사회 기제는 다시 회복되고 만다. 서로의 차이는 성장 배경이나
가치관, 종교적 신앙의 차이 등 개인적 분류가 아닌, 계급,
지식, 경제, 집단 등 사회적인 분류에 따라 구분된다. 여행자는
현지 사람의 오만하고 폐쇄적인 성향을 견뎌내고, 현지 사람은
여행자의 유치함을 견딘다. 서로가 지구상에 존재하는 것이
일종의 자원 낭비라고 느낄 정도다. 만일 그들이 같은
사회에서 생활했다면 매일매일 어깨를 스치며 지나쳤을
것이지만, 영원히 말 한마디 나누지 않았을 것이다. 그들이
소속된 사회 계급이 다르기 때문이다.

한 프랑스 친구는 중국인 여자 친구를 사귀었다. 남자는
중국어를 할 수 없었고, 여자는 프랑스어를 하지 못했다.
사랑은 뜨겁게 진행되고 있었다. 여자는 마침내 파리에 와서

프랑스어를 공부했다. 그는 나와 만나 커피를 마실 때
걱정스러운 듯 말했다. 자신의 여자 친구가 프랑스어로
감정 표현을 하는데, 자신이 원래 사랑했던 사람이 그녀가
아닌 것 같다는 의구심이 든다고 했다. "우리는 기본적으로
같은 언어로 말하지 않아. 나는 그녀의 머릿속이 어떻게
생겼는지 알 수가 없어." 그는 중국어를 할 줄 아는 내가
그의 여자 친구와 만나 이야기를 나눠보는 게 어떻겠냐고
제안했다.

"그런 다음에는?"

"그런 다음에 나에게 알려줘. 만일 그녀가 프랑스 여자였다면
우리가 같은 커피숍에서 커피를 마시고, 같은 철학자의 책을
읽고, 같은 종류의 영화를 선택할 수 있었을까? 다시 말하면,
낯선 문화에 대한 호기심을 떠나서 우리는 서로에게 흥미를
느낄 수 있었을까?" 그는 지식인으로서의 우월감을 감추지
않았다.

"그렇지만 그녀의 문화 역시 그녀라는 한 사람의 일부야.
만일 네가 좋아하는 것이 그녀의 문화라면, 그녀 또한 좋아할

수 있을 거야. 언어는 수단에 지나지 않아."

파리 소르본 대학 철학과를 졸업한 그는 절대 동의하지
않았다. "집단 문화는 일종의 학과야. 만일 내가 연구해서
읽어야 한다면 여행이란 방법을 통하고 책을 경유할 거야.
언어는 수단에 불과하지만, 유일하게 개인의 영혼에 가까이
다가갈 수 있게 해주는 수단이기도 해. 한 사람이 어떻게
말하고, 어떤 문장을 만들고, 어떤 말투를 사용하는지는
영혼의 깊이를 가늠할 수 있게 해주지. 인생이 한 차례의
여행이라면, 나는 그녀가 내 여행길의 동반자였으면 좋겠어.
마차가 지나가는 낯선 공간의 무의식적인 풍경보다는."

"이국과 타향이라는 시공간을 통해 일상 체계 밖의 감각을
자극하는 것, 그게 여행의 목적 아니야? 요동하는 언어 밖에
존재하는 감정의 깊이를 느끼는 것, 그게 사랑 아니야?"
나는 대답했다.

그는 미소를 지으며 말했다. "단지 내가 문화적으로
아름답다고 느끼는 것을 사랑의 징조라고 생각했던 것일까봐
두려운 것뿐이야. 그건 무지한 여행자가 저지르는
실수일 테니까."

가공하지 않은 문화의 정취

이민을 떠나는 것은 영원한 여행자가 되는 것이다.

그는 자신의 뒤에 한 부분을 남겨놓고, 집으로 돌아가지
않았다. 그는 자신이 정착한 한 구역을 두고도, 집으로
돌아가지 않았다.

이민에 있어서, '집'은 단지 하나의 섬 혹은 하나의 국가,
하나의 도시에는 사용할 수 없는 정확한 정의이다. 마치
삼각관계에 놓인 사람이 한 애인이 만든 대나무 의자에 앉아,
다른 애인의 정원으로 떠나기 아쉬워하는 것과 같다. 두 개의
화원에는 각각 다른 현실이 있기 때문에 그는 한꺼번에
두 개의 화원으로는 도약할 수 없다.

떠나온 곳은 닿을 수 없을 만큼 너무 멀리 떨어져 있고,
정착한 곳은 유리창 너머로 바라봐야 하는 세계다. 정착한
아파트와 아파트가 소재한 거리만이 비로소 진정한 집의
의미를 갖는다. 차이나타운, 작은 이탈리아 농촌, 인도 구역,

객가[8] 촌 등…… 집의 확실성을 부여하는 데 있어서는 골목
모퉁이 잡화점의 상표가 국기보다 훨씬 더 큰 역량을 가지고
있다. 국적이란 여권에 인쇄된 보통명사일 뿐이다. 모르는
사람들이 한 사람을 분류할 수 있게 도울 뿐이다.

새해 이튿날, 먼 곳에서 징과 북소리가 인도 캘커타 거리로
퍼져 나왔다. 나는 소리에 미혹되어 몸을 돌려보았다. 화려한
용 한 마리와 십여 명의 악수樂手들이 무리를 이뤄 사람들로
붐비는 지저분한 골목길을 뚫고 걸어 나오는 것을 보았다.
마치 시공간이 잘못된 꿈을 꾸고 있는 것 같았다. 악수는
정식으로 옷을 갖춰 입었고, 용의 몸통에는 수가 세심하게

---

8 客家. 한족의 일파로 중국 중원에서 활동하다가 왕조
교체와 전란을 피해 황하 북부에서 광둥성, 푸젠성, 장시성
등지로 이동해온 사람들. 전 세계 80여 개 국가에 9천만~
1억 명 정도가 거주하고 있는 것으로 추산된다. 타이완
인구의 15퍼센트와 동남아시아에 거주하는 화교의
대부분도 객가인으로, 타지에 살면서도 객가문화와
객가어를 지켜왔다. 객가인은 머리가 좋고 부지런하며
경제관념이 강해 중국의 현대화를 이끌었다고 한다.
전문가들은 중국 혁명가 쑨원孫文, '흑묘백묘론'을
내세우며 실리주의를 택한 덩샤오핑鄧小平, 싱가포르
경제 발전을 이끈 리콴유李光耀, 필리핀 정치가
아키노Corazon Aquino 등이 국적과 성격은 다르지만
객가의 피가 흐르는 이들이라고 말한다. (편집자)

놓여 있었고, 머리는 화려하고 정교하게 채색되어 있었다.
음악의 박자도 잘 맞았다. 여러 세세한 부분들이 이번 여행이
순리에 맞게 흘러가고 있음을 일깨워주고 있었다.

며칠 뒤, 상하이에 있는 난징동루南京東路는 바쁘게 돌아갔지만,
그곳에서 해가 바뀐 분위기는 느낄 수 없었다. 상하이 사람들은
말했다. "설을 쉰다고? 이렇게 일찌감치 설을 쇠지 않는다고!"

문화 원산지에 남겨진 사람들은 여러 번의 혁명을 겪고,
세대가 바뀌고, 사상이 변화하는 것을 경험하면서 세계 흐름과
정치 역량에 따라 자신의 생활 방식과 사상을 정비해왔다.

문화 원산지의 사람들은 스스로가 누구인지에 대해 물을
필요가 없다. 그들의 신분은 당연하게 그렇게 확정되었다.
마치 태어날 때부터 갖고 태어나는 몽고반점 같다. 원하고
원치 않고의 문제가 아니다. 그것은 원래부터 이미 한 사람의
일부분인 것처럼 거기에 있다. 몸에 반점을 지니고 성장한
사람들은 숨소리도 자연스럽고, 정상적으로 밥을 먹고,
연애도 하고 직업도 찾는다. 그러다 다른 문화의 사람을
만나게 되면 상대방의 맹렬한 시선 아래 자신의 반점이

특이한 존재라는 사실을 인식한다. 그러나 반점이
없어졌다고 쳐도 그는 놀라지 않는다. 만일 상하이 사람이
상하이 사람이 아니라면 그럼 도대체 누가 상하이
사람이겠는가? 그는 그렇게 침착하게 믿는다. 발아래 밟고
있는 이 땅덩어리는 그에게 이런 자신감을 주었다.

문화 원산지의 사람들에게 필요한 것은 그들 스스로의 문화
자체를 조절해서 시대를 따라갈 수 있도록 하는 것이다.
이민에 필요한 것은 막막한 세상에서 자신의 신분을 정립하는
것이다.

떠난 사람들은 문화의 일부분을 가지고 낯선 땅에 도착했다.
그의 고향에 거주하는 '동일한' 자신과 '다름' 사이에서
조심스럽게 자신의 문화 보폭을 천천히 늦추고, 시대의 흐름을
살펴본다. 자신과 타인의 중간에 경계선을 한 줄 긋는다.
두려움을 안고 바다를 건너온, 가공되지 않은 문화는 낯선
땅의 공기중에서 부패된다. 그래서 이를 걱정해서 소금에 절여
보존하기 시작한다.

멀리 떨어진, 가공되지 않은 문화 생산지의 사람들은 끊임없이

자신의 문화 소유 관념을 확인해야 한다. 살구색 피부와 흐릿한 이목구비를 가진 중국 사람들이 피부색이 어둡고 이목구비가 또렷한 인도 사람들 사이에서 생활하려면, 일 년에 한 번씩은 꼭 화려한 용을 들고 거리에 나오는 행위를 통해 자신의 출신을 확인하고, 자신의 신앙을 확인하며 출발점을 찾아야 한다. 영국 국적을 가진 인도 혈통의 작가 나보는 어려서부터 인도 식민지 사회에서 성장했다. 현지 인도 사람들은 머리를 단발로 자르고, 매일 새벽 기도를 생략하기 시작하면서 이른바 '현대'에 도달했다. 하지만 일부 인도 사람들은 여전히 깨끗한 파초 잎사귀를 날이 밝을 때 손바닥에 올려놓고, 경건하게 엎드려 절을 한다. 그들은 마음속에 있는 인도 천지신명과 대화를 나눈다.

문화 의식을 유지하는 것은 마치 행운의 부적이나 돌아가신 어머니의 유품을 지니는 것과 같아서, 이민 생활에서 가장 외롭고 무력한 사람을 미혹시키며 마음이 차분해지도록 만든다.

이른 봄날 어느 밤. 현대화된 싱가포르의 시원한 숙소에서 나오니 밖은 여전히 무덥다. 차이나타운 앞에는 공연 무대가 만들어졌다. 상영되는 프로그램은 중국 전통극이 아니라

타이완과 홍콩에서 유행하는 가수의 유행곡과 파워 댄스다.
무대 아래에서 싱가포르 화교들은 오랫동안 볼 수 없었던
유행이 지난 셔츠와 슬리퍼를 손에 들고 있다. 땀이 비처럼
흐르는 것도 신경쓰지 않고 무대 위에 있는 사회자의 저급한
농담에 집중해 박장대소하고 있다. 이십여 년 전 어렸을 때
내가 살던 화교 사회로 돌아온 것만 같았다. 오랜 시간의
먼지를 뒤집어쓴 과거 사회.

친구는 진짜 중국 요리는 뉴욕의 차이나타운에 있다고 말했다.
이민은 세월의 노련함이란 신기한 방식으로, 그들 고향의
풍경을 남겨놓았다. 동시에 가장 처음의, 순수하고 가공되지
않은 문화도 지켜냈다.

3장.
시선 視線

편견

———

여행의 성과는 편견을 발견하는 데 있다.

여행자는 자신의 편견을 지니고 길을 떠난다. 어떤 편견은
증명되어 진리가 되고, 어떤 편견은 수정되어 새로운 편견이
된다. 스쳐가는 여행자들의 등장은, 집을 떠나지 않았던
사람들이 세계를 보는 태도 혹은 다른 방면의 편견에도 영향을
준다. 사람의 인지에 영향을 미치는 모든 것들은, 새로운
편견을 만들어낸다.

남스페인의 작은 마을에서 파리로 향하는 기차에 올랐을 때,
친구는 앞에 있는 한 쌍의 집시 남녀를 가리키며 그들이
무임승차를 했을 거라고 확신하며 말했다. 그런 편견의 예는
수도 없이 많다. 일본 도쿄의 한 포목점의 여사장은 차가운
태도를 유지하면서 예의를 지킨다, 중국 사람이 만든 물건은
일본인이 만든 것에 비해 질이 떨어진다…… 동양 여자들은
프랑스 남자가 낭만적이라고 생각하고, 서양 여자들은 중국
남자가 배타적 애국주의자일 것이라 생각한다…… 독일인

친구는 내가 프랑스에서 휴가를 보내는 것을 좋아하지 않고,
프랑스 친구는 내가 런던을 잊지 못하고 그리워하는 것을
싫어한다…… 나는 동양인들이 서양인들은 음탕하고
허무하다고 말하는 것을 들었고, 서양인들이 동양인들은
위선적이며 미신적이라고 하는 비평을 들었다……
유럽 문화에 심취한 사람들은 미국에서 유학하고 있는 나 같은
사람들을 무시한다. 미국의 가치를 숭배하는 사람들은
비현대적이고, 비논리적인 문화를 이해하지 못한다.

광활한 우주에 비하면 인간은 묘사하기도 어려울 만큼 작고
보잘 것 없다. 그러나 우주가 처음 시작됐을 때엔 그 직경이
1마일의 -43승을 넘지 않을 만큼 작았다는 이야기를 들은
적이 있다. 하지만 그 사실 또한 미미한 인류가 위대한 편견의
능력에 이용당하는 것에 아무런 영향을 주지 못한다.

편견이 항상 부정적인 것만은 아니다. 긍정적인 의견은
우호적으로 해석될 수 있다. 그 역시 하나의 편견에 불과하지
만 말이다. 나는 종종 누군가로부터 이런 말을 듣는다.
"(일본 사람)들은 모두……" 우리는 괄호에 들어가는 말을
영국 사람, 스리랑카 사람, 파키스탄 사람, 탄자니아 사람,

오스트레일리아 사람, 중국 사람으로 바꿀 수 있다. 나는 그가 특정 나라 사람에 대해 어떻게 그런 깊은 지식을 얻을 수 있었는지, 혹은 그의 견해가 얼마나 잘 들어맞는지 때문이 아니라 편견에 대한 그의 결단력 있고 단호한 태도 때문에 놀란다. 그는 자신이 보고 들은 것을 철석같이 믿는다.

여행자는 자신만의 좁고 유한한 시야로 세상을 본다. 어떤 일은 아주 쉬워서 재미있고, 놀랍고, 잊을 수 없다. 반대로 어렵게 받아들인 일은 전면적이고 유일한 것이며, 변치 않는, 총체적인 인식이다. 만약 본 것이 인식에까지 영향을 미친다면, 반드시 그 기준을 물어야 하며, 또 그것이 누구의 기준인지도 물어야 한다. 어떤 기준이 되는 판단 원칙을 결정하는 일 또한 어렵다. 아마 다시 세계대전이 일어난다고 해도 쉽게 해결되지 않을 것이다.

편견은 우주 대폭발의 기원과 아무런 상관이 없다. 편견은 오직 인류 자신의 소우주와 관계가 있다. 인류는 보잘 것 없고, 사소하기 때문에 알량한 오만함으로 자기 존재의 필요성을 증명해야 할 필요가 있는 것이다. 나는 반드시 나만의 가치를 통해 만물을 받아들일 것이다. 바꿔 말하면, 만물은 오직 나의

인정을 거쳐야만 정립될 수 있다는 뜻이다. 그리하여 나는
만물의 통치자가 된다.

때문에 편견이 지구가 회전하는 방향과 혜성이 날아오는
방향을 통제할 수는 없겠지만, 사람들을 단순하게 살아가게
할 수는 있을 것이다. 나는 내가 본 모든 것들을 믿고 이해한다.
마찬가지로 내가 미처 알지 못했던 것들을 두려워하지 않고
살아갈 것이다.

편견에 대한 이 이야기의 끝은 남스페인에서 파리로 향하는
기차로 돌아간다. 검표원은 객실마다 들러 표를 검사하고
마침내 우리 앞에 서 있다. 집시 남녀는 앞자리 의자 뒤에
맨발을 걸치고 흔들거리다가, 신발을 대충 구겨 신었다.
남자는 손으로 콧물을 닦는 김에 셔츠 주머니에서 기차표
두 장을 꺼냈다. 검표원은 무표정하게 표 검사를 마쳤다.
창밖에 비치던 숲은 점점 사라졌고, 건축물이 시야에 들어왔다.

기차가 파리 시내로 진입하자 수많은 파리 사람들은 말 등에서
뛰어내리듯 기차에서 내려 전철 매표소를 향해 달려갔다.
친구는 낭만이 가득한 목소리로 말했다. "보라고! 프랑스

사람들은 이렇게나 자유롭잖아!"

여행이란 편견을 통해 세상을 알아가는 것이 아니라 스스로를
알아가는 것이다.

타인의 눈

—

여행자가 여행길에서 사물을 바라볼 때에는 자신의 눈과
타인의 눈을 함께 사용한다. 타인의 눈은 여행을 출발하기
전부터 관찰하고, 선택하고, 해독하여 여행자가 세계를
제대로 바라볼 수 있게 한다.

홍콩 사람들은 도박을 좋아해서, 주말에는 마카오와 경마장에
모여들어서 교전을 벌인다고 들었다. 스페인 사람들은 투우에
빠져 있으며, 투우사는 국보급 인물과 같은 급이라고 들었다.
이탈리아에는 마피아가 창궐해서 이탈리아 사람 열 명 중
한 명은 마피아 조직에 연루되어 있다고 들었다. 상하이
사람들은 지위나 재산에 따라 사람을 달리 대하며 타지 사람을
무시한다고 들었다. 쿠바 사람들은 생활이 무척 어려워서
대부분의 사람들이 미국으로 이민 갈 생각을 하고 있다고
들었다. 북유럽의 성 관념은 개방적인데, 그중에서도
덴마크의 포르노 생산량이 특히 높다고 들었다. 싱가포르
사람들은 정부로부터 여러 제약을 받고 있으며, 정치에
무관심하다고 들었다. 영국 사람들은 오후에 차를 마시는 걸

좋아해서 오후 네시면 사무실에 있는 사람들이 잠시 일을
멈추고 차를 마신다고 들었다. 들었다. 들었다……

들었다.

증거 제출을 요구를 받은 현지 사람들은 난처해하며, 어떻게
해야 좋을지 모르겠다는 표정을 지어 보인다. 머리를
긁적이고, 귓불을 만지작거리고, 턱을 쓰다듬고, 두 손을
만지작거린다. 말을 하고 싶어하는 것 같기도 하고 아닌 것
같기도 하다. 잠시 머뭇거리던 현지 사람은 이렇게 반문했다.
"누구한테 들었어요?"

나는 잠시 말문이 막혔다. 방송에서 들었고, 여행서에서
읽었고, 이 지역에 먼저 와봤던 친구의 말을 들었고, 모든
책에서 그렇게 말하고 있고, 중학교 교과서에서 봤고, 인터넷
채팅방에서도 봤다. 가끔은 스스로가 만들어낸 환상 속에서도
들어보았던 것 같다.

하지만 환상이라고 해서 근거가 없는 것도 아니다. 나는
오랫동안 매일 같은 시간에 같은 방송국의 뉴스를 시청한다.

이 채널은 연출가 개인의 세계관과 그가 받아들인 정보의
통로이며, 그의 선택 혹은 세계의 이슈를 처리하는 태도를
보여준다. 연출가는 미국의 쿠바 사내아이와 관련된 뉴스는
8분, 아프리카의 종족 폭동 사건은 1분, 스리랑카 비행기
사고는 시간에 구애되지 않고 방송해야 한다고 생각하고 있다.
텔레비전 앞에 앉아 있는 내가 세계 권력의 지형도를
이해하는 데 그의 태도가 영향을 미친다.

영국에서 만들어진 여행 프로그램과 여행서는 둘러볼 만한
가치가 있는 지역과 여행 방법에 대한 정보는 물론이고
여행지에 대한 기본 상식까지 빠르게 전해주었다. 이 방대한
정보는 영국이 경제적 · 군사적 역량을 확대하기 위해 과거
몇 세기 동안 모든 방법을 동원하고 인재들을 투입해 얻어낸
결과물이다. 그렇지만 내가 일본 여행서와 다큐멘터리 영화를
집어 들었을 때는, 방금 전에 받아들였던 자료가 조금은
틀린 것 같다는 의구심이 들었다. 두 나라는 서로 전혀
다른 곳에 있지만, 두 나라가 언급한 지역은 공교롭게도 같은
지역이었다.

한 권의 여행서 혹은 여행에 관한 한 편의 뉴스와 한 시간짜리

여행 프로그램의 완성은, 여행자 한 사람의 눈에 달려 있다. 여행자의 출생 연도, 성장 환경, 국적, 모국어, 피부색, 교육 정도, 혼인 상황은 여행을 통해 얻을 수 있는 것들에 변수로 작용한다. 여행자의 흡연 여부 또한 여행 기분과 가치 판단에 약간의 영향을 미칠 수 있다. 게다가 여행자가 여행의 제재題材들을 편집하는 방향을 이끌기도 한다.

새로운 여행자 또한 자신의 상태를 지닌다. 국적, 피부색, 모국어, 출생지와 출생 연도. 만약 내가 올해 서른 살이 된 프랑스 사람이라면, 나는 자연스럽게 모로코로 휴가를 떠났을 것이다. 단순히 여행사 정문에 붙여진 예쁜 포스터에 매료된 까닭이라고 생각할 수 있지만, 포스터는 아무 이유 없이 그곳에 붙여져 있는 게 아니다. 여행사 또한 이렇게나 넓은 세계에서 모로코를 전시해놓을 이유가 없다. 길게 이어져 온 역사적 분쟁, 헤아릴 수 없는 프랑스 사람과 모로코 사람 사이에 존재하는 생의 이력이 그 포스터의 위치를 결정지었다. 이집트가 그 포스터의 주제였기 때문이 아니라 프랑스 여행서에 기록된 풍부한 모로코 여행 정보가 있기에 결정된 여행이고, 프랑스 여행자가 모국어를 사용할 수 있는 곳이 모로코라서 결정된 여행이다. 차에서 내리자 하늘 가득 모래

바람이 몰려왔다. 우리는 세계에서 가장 작은 시골 교회로
들어갔다. 폴란드 친구는 안경을 벗어 닦았다. 우리를
데려다준 운전기사는 농담을 했다. "맞아요. 안경을 잘 닦아야
선명하게 잘 보이죠." 친구는 깨끗하게 닦은 안경을 다시 썼다.
나는 문득, 친구가 쓴 안경이 하나가 아니라는 것을 깨달았다.

여행자의 눈

———

당연한 말이지만, 여행자가 없으면 여행은 존재하지 않았을
것이다.

장소라는 것은 여행자의 눈을 거치지 않고 읽어보면, 그저
하나의 공간에 불과하다. 이름도 없고 의미도 없고 특징도
없는, 심지어 존재한다고 할 수 없는 곳이다. 만약 깊은 산속에
있는 백 살이 넘은 나무 하나가 '쿵' 하고 넘어졌는데,
그 소리를 아무도 듣지 못했다면 이 나무는 넘어진 것일까
아닐까? 누군가가 이런 문제를 제기했다. 어쩌면 두 눈을
외눈박이로 여겨 그렇게 말하는지도 모르겠다. 어떤 여행자의
시선이 있었던 곳에 이름이 있고, 의의가 있다. 그것은 섬,
하류, 고원, 삼림, 높고 가파른 산이다. 도시, 시골, 고층 건물,
사당, 공동묘지, 궁전, 폐허이다.

율리시스가 없었으면 라모스Lamos 섬은 라모스가 될 수
없었고, 지중해의 많은 섬들 가운데 위치한 어정쩡한
땅 덩어리에 불과했을 것이다. 설사 그곳이 침몰한다 하더라도,

어떠한 시인도 이로 인해 슬퍼서 한탄하거나 눈물을 펑펑
흘리지도 않을 것이다. 만일 스펜스Roy M. Spence. Jr가 없었으면,
발리는 천국의 섬으로 변할 수 없었을 것이고, 마젤란이
없었다면 해협은 계속 고독할 수밖에 없었을 것이다.

앞사람이 쓰러지면 뒷사람이 그 뒤를 이어가며 여행자는
앞으로 나아갔다. 여행자는 정신, 청춘, 돈, 심지어 생명마저
돌보지 않고 모든 장소를 측정하고 기록했다. 이 과정은 마치
참을성 있는 편집자가 아직 세상에 나오지 않은 책을 만드는
과정과 닮았다. 원고에 결점이 없도록 밤을 새워 원고를
다듬고, 수정할 내용을 정리하고, 직접 옮겨 쓰고, 다시 고치고
윤색해서 그 안에 든 사상이 빛을 발하게 하는 것과 같은
것이다.

여행자의 눈은 왜 이렇게 중요할까?

일단 길을 나서면, 여행자는 '볼' 것을 기대한다. 1995년,
나는 국제전화로 이탈리아 사진작가 올리비에로
토스카니Oliviero Toscani를 인터뷰했다. 그는 유명한 의류 브랜드
베네통Benetton을 도와 광고를 만들었는데, 세상이 깜짝 놀랄

만큼 창의적인 광고를 만들어 널리 이름을 알렸다. 당시, 그는 막 '중국의 여행'이라는 주제로 가을·겨울 시즌 광고 리스트를 완성했다. 열흘 동안 베이징의 거리와 골목에서 외모가 평범하거나 이상한 중국 사람을 모델로 삼아 화려한 이탈리아 의복을 입히고, 렌즈를 향해 입을 벌리고 웃게 했다. 렌즈에는 빈곤하고, 폐쇄적이고, 우둔한 중국 사람의 모습이 들어 있고, 20세기 가난한 사람이 들어 있었다.

토스카니의 새로운 작품은 역시 또 세계 패션계와 광고계를 경악시켰다. 해방군, 치아가 없는 노인, 꼬질꼬질한 중국 아이…… 토스카니는 어떻게 그런 생각을 했을까? 그는 정말 천재였다. 그때 그는 내후년 여름에는 도쿄로 향할 것이며, 이런 촬영 방식을 계속 이어갈 것이라고 말했다.

이미 오래전 일이라, 그에게 어떤 질문을 했는지 기억이 잘 나지 않는다. 그러나 분명한 건, 나이 어린 기자가 '대사大師'를 만나서 했던 질문이 유치한 수준을 벗어나지 못했을 거라는 사실이다. 창작의 근원은 무엇인가요? 투자자가 당신의 창의적인 작품을 수용할 수 있도록 어떻게 설득하나요? 일관된 창작의 중심 사상은 무엇인가요? 당신은 세계와 무엇을 소통하고 싶은 건가요?

토스카니의 대답 또한 질문을 예상한 답변들이었다.
이 인터뷰가 잡지에 실린 후에는 금방 잊힐 것이다. 잡지의
세계에는 중복된 내용들은 존재할 필요가 없기 때문이다.
'대사'는 문화와 여행자에 대해 말하면서 평가를 했다.

"당신의 나라는 아주 형편없어요. 왜냐하면 당신들은
서구인의 건축을 배우고, 그들의 의복을 모방하고, 그들의
상품을 사면서 자신의 전통은 완전히 버리기 때문이죠."

"타이완에 와본 적이 있으신지요?"

"없어요. 하지만 타이완 친구는 있어요. 그 친구가 당신들의
정세에 대해 알려줬고요. 그 말을 들으니 타이완에는 가기가
싫더라고요."

평소 흠모해온 대사와의 인터뷰에 흥분해서 조금 멍청해진
젊은 기자였지만, 갑자기 날카로워져서는 그에게 물었다.
"그러니까 당신 말뜻은, 우리는 과학적이면 안 되고,

민주적이어도 안 되고, 부유해서도 안 된다는 뜻인가요?
우리는 조상의 전통만을 유지해야 하고, 당신이 세계를
바라보는 창문이 되어야 하나요? 당신과 당신의 친구는
선진국에서 우아한 생활을 하다가 이곳으로 여행 온 김에
사진을 찍죠. 낙후한 것을 문명이라 부르고, 원시적인 것을
정서라고 하며, 빈곤을 미덕이라고 하죠. 그렇지요?"

'대사'의 대답은 아마 아주 훌륭했을 것이다. 그뿐이다.
젊은 기자는 나이를 먹으며 그 말을 잊어버렸다.

토스카니는 여행자의 '갈망'에 대해 이야기하면서, 여행은
다른 세계의 비밀을 엿보는 것이라고 했다. 연기자와 관중
사이에 있는 상호작용이 도시와 여행자 사이에도 존재한다.
관중은 무언가를 잔뜩 기대하며 티켓을 구매해 극장으로
들어선다. 관중이 보려는 것은 그들의 일상생활에 속하지 않은
무언가가 무대 위에서 발생하는 것이다. 자극적인 에로와
살인 사건, 곤란하게 강요당하는 육체 예술, 평소 길 위에서는
볼 수 없는 미녀, 혹은 이미 지나간 성대한 전통 희극. 관중이
갈망하는 것은 어둠 속의 공포를 기다리는 것이다. 관능적인
절정을 기다리는 것이 가장 좋다. 절정이 여러 번 이어지면,

티켓 값도 아깝지 않다. 그러니 도시, 섬, 고원, 농촌, 해변은
반드시 보통 이상의 매력을 발산해야 한다. 그렇지 않으면
관중은 집에 돌아가서 혀를 쯧쯧 차고, 그 여정이 얼마나
무료하고 단순했는지 불평을 늘어놓을 것이다.

누군가가 지켜보고 있기에 누군가는 반드시 연기를 해야 한다.
보는 것과 보이는 것은 권력 관계이고, 암묵적인 협정이며,
교환 행위이다. 여행자의 눈이 존재하기에, 보이는 도시는
반드시 여행자의 눈에 띄어야 한다. 마음에도 없는 말과
행동을 하는 연기가 필요하다.

여행자는 자기 집 문 앞에다 쓰레기를 버리고, 거리를
어슬렁거리며 돌아다니고, 레스토랑에 줄을 서서 차를 마시고
식사를 한다. 서점에서 카드와 볼펜을 사고, 당연히 생활은 곧
문화라고 여긴다. 그리고 비행기나 배를 타고 타인의 도시에
도착해서 현지 사람들이 자기 집 문 앞에다 쓰레기를 버리고,
거리를 어슬렁거리며 돌아다니고, 레스토랑에 줄을 서서 차를
마시고 식사를 하고, 서점에서 카드와 볼펜을 사는 것을
지켜본다. 특이한 양식의 건축물이나 독특한 신체 장식예술을
보지 않았고, 삶의 도리가 존재하는 규범이나 풍습을 보지

않았다. 그렇다면 이것은 진정한 여행이라 할 수 있을까?
대부분의 경우, 여행자의 욕구는 서커스 공연 하나를 보는
것으로 충분히 만족되곤 한다.

여행가

———

나는 우연히 한 여행가를 만났다.

혁명은 일반적인 상태가 아니다. 그런데 19세기 초, 프랑스
파리에서는 스스로를 혁명가라 일컫는 사람들이 등장하기
시작했다. 프랑스 혁명가 블랑키Louis-Auguste Blanqui는 "나는
48시간 안에 하나의 혁명을 일으킬 수 있다"라는 말을 했다.
이는 마치 제화공이 "나는 3일 안에 전에 없이 새로운 신발
한 켤레를 만들어낼 수 있다"라고 말한 것과 같았다. 혁명은
그들의 주된 활동이지만, 혁명으로 생계를 유지할 수 있는지는
의문스럽기 때문이다. 실제로 블랑키는 삶의 대부분을
감옥에서 보냈다.

여행 또한 일반적인 상태는 아니다. 나는 여행을 통해 우연히
한 여행가旅行家를 만날 수 있었다. '여행가'와 '여행자'
사이에는 전문성 면에서 차이가 있다. 여행하는 신분을 잠시
빌리는 것이 여행자라면, 여행이 직업이 되는 것이 여행가이다.
여행가는 그 여행을 통해 돈을 벌 수 있다.

여행가가 직업인 그녀는 사람들이 대신 비용을 지불하고, 여행을 청한다고 말했다. "주로 특별 프로그램을 제작할 때나 여행 잡지에 관련 소식을 싣고 싶을 때…… 가까운 친구들과 사적인 여행을 떠나고 싶을 때도 제게 인솔을 요청해요. 사실 스스로도 버겁게 사람들을 인솔했던 적이 있지만, 그런 여행은 많지 않아요" 하고 설명하더니, 그녀는 한마디 덧붙였다. "왜냐하면 제 몸값이 좀 비싸거든요." 하지만 그게 얼마인지는 끝내 알려주지 않았다.

그녀는 전 세계를 돌아다녔다. "나는 보통 사람들은 평생 동안 상상하지 못할 엄청난 풍경들을 봤어요. 그들이 단 한 번도 가보지 못했을 장소에도 많이 가봤고요." 여행가는 강조하며 말했다. "나는 관광 노선으로는 여행하지 않기 때문에 내가 본 풍경들은 보통 사람들이 본 것과는 달라요." 이건 또 무슨 뜻일까? 나는 그 속내를 듣고 싶었지만 감히 사실대로 말해달라고 요구할 수 없었다. 그녀의 태도는 질문을 허용하지 않는 리더 같은 성미를 드러내고 있었기 때문이다.

지금껏 혁명가들이 사람들에게 구호를 제공했던 것처럼, 혁명이나 여행에 완전한 이론적 기초가 필요한 것은 아니다.

군중은 말로 표현할 수 없는 격정에 휩싸이길 요구받고, 나는 그녀로부터 '여행은 생활의 방식이다'라는 아름다운 문장을 전달 받았다. 혁명 그 자체는 답을 제시할 수 있다. 여행도 그렇다. 나는 고개를 끄덕이며, 매우 흥분한 것처럼 보이려고 노력했다.

두 시간 동안, 대화 주제는 자연스럽게 그녀가 경험했던 수많은 여행들로 흘러갔다. 전 세계는 이미 그녀의 발아래 놓여 있었고, 외려 그녀의 지적을 받기도 했다. 그녀는 명성 있는 스페인의 투우사 코스에 가보았다. 인도에 대해서 냄새가 나고 지저분하다고 비평하면서 두 번 다시는 가지 않을 것이라고 말했고, 뉴욕의 박물관을 칭찬하면서 센트럴파크에 살고 싶다는 뜻을 내비쳤다. 이탈리아 베니스를 이야기하면서는 낯선 남자가 자신에게 꽃을 주며 구애했다고 말했다. 살아 있는 동안에 반드시 캄보디아 앙코르와트에 가보아야 한다며 극찬하는 바람에, 나는 그녀에게 꼭 가보겠노라 맹세해야 했다.

그다음, 그녀는 내 여행 경험에 대해 묻기 시작했다. 여행가의 반짝이는 눈빛을 마주하고 있자니, 난처해졌다. 대학원생 시절로 되돌아가 무엇을 공부했는지를 지도 교수에게 하나하나 보고하면서 검사를 받는 기분이 들었다.

아니나 다를까, 내가 지명을 하나씩 말할 때마다 그녀는 많은
설명을 덧붙였다. '보스턴'을 예로 들면, 그녀는 이렇게 말하는
것이다. "그 호텔에서 투숙하면 안 되는 거였는데. 그 호텔은
브랜드가 오래됐고 명성은 높지만 서비스는 그다지 좋지
못해요. 당신은 그나마 다행히도 한밤중에 배가 고프지는
않았군요. 호텔 종업원이 꾸물거리며 천천히 야식을
가져온다는 걸 알았더라면 얼마나 고통스러웠을까요.
그 상점에 가서 신발은 샀나요? 오, 안 돼. 거기에 가지 말았어야
했어요. 그 가게의 물건은 비싸기만 하고 쓸모가 없어요.
순전히 관광객들에게 바가지를 씌우기 위한 곳이죠. 당신은
그 집 맞은편에 있는 신발 가게에 갔어야 했어요. 품질이 정말
좋거든요! 이 레스토랑의 음식을 먹어본 적이 있나요?
없다고요? 이런…… 당신은 정말 엄청난 것을 놓쳤다는
사실조차 모르고 있군요!" 그래서 우리는 이야기를 마치면서
이런 약속을 했다. 다음에 내가 보스턴에 가기 전에 그녀에게
이메일을 보내면, 그녀가 '가야 할 곳 리스트'를 작성해서
보내주기로 한 것이다. 내가 '진정한' 보스턴을 알 수 있도록.
이런 것이 여행가의 일이다. 여행가는 우선 과거 당신이 한

여행에서 허점을 드러나게 하고, 이전의 여행에서 아무런
소득을 얻지 못했다고 느끼게 만든다. 당신이 쓸데없이 돈만
쓰고 세계적으로 명성이 있는 것은 겪어보지 못했다며
속상하게 한다. 그래서 당신이 무기력해지고 스스로를
연민하기 시작하면, 여행가는 전문적인 지식을 제공함으로써
당신이 새로운 휴가 계획을 세우고, 자신감이 가득한 상태로
여행을 떠날 수 있도록 돕는다. 꼭 여자들이 피부 관리숍에
갔을 때의 상황과 비슷하다. 우선 미용사는 고객의 피부를
검사하면서 고개를 저으며 혀를 쯧쯧 찬다. 고객은 자신이
세상에서 가장 못생겼다는 생각에 자존심이 상하고,
난처해한다. 살아갈 이유조차 없는 듯 깊은 절망에 빠진다.
그때 미용사는 가격표를 꺼내 보이며 돈을 조금만 들여
전문적인 관리만 받으면 훨씬 아름다워질 수 있으며 자신감을
회복해서 새로운 인생을 시작할 수 있다는 말을 한다.
여행가의 행적과 꼭 닮아 있다.

하지만 여행가와 미용사는 다르다. 미용사는 당신에게
'외적外的' 아름다움을 주고 싶어하지만, 여행가는 당신이 얼굴
마사지를 천 번을 받아도 얻을 수 없는 '지적知的' 아름다움을
주고 싶어한다. 여행가는 서비스를 제공할 뿐만 아니라, 지식

문명의 장점과 당신이 기존에 보지 못한 것들을 볼 수 있게
돕는다. 그는 책임지고 당신의 영혼을 한 발짝 더 나아가게
만드는 것이다.

그래서 여행가인 그녀가 끊임없이 이어간 대부분의 여행
이야기는 '그 계절'에 '그 길'을 따라 '그 국가, 그 도시,
그 레스토랑'에서 '그 요리'를 주문해야 한다는 것이었다.
1998년 여름 그녀와 프랑스 남부 여행을 동행했던 남자에
대한 슬픈 이야기, 1995년 크리스마스 때 프라하 거리에서
들었던 첼로 연주, 2003년 일본에서 갑자기 끝나버린 사랑,
올해 봄 인도네시아에서 만난 사람을 감동시키며 내리던
가랑비…… 시에 가까운 문학적이고 아름다운 말들로 여행
이야기를 늘어놓았다.

여행, 여행, 훨씬 더 많은 여행! 낭만, 낭만, 훨씬 더 많은 낭만!
그녀의 인생은 더할 나위 없이 훌륭한 여행서 같았다. 그녀의
목소리는 떨렸고, 거기엔 감정이 담겨 있었다. 클래식음악
방송에서 흘러나오는 고상한 음악을 듣는 것만 같았다.
한 줄기 눈물이 뚝 떨어지듯 슬픈 아름다움이 공기중에 흐르고
있었다.

내가 그동안 권위에 반항하고 있었다는 사실을 인정한다.
나는 내 앞에 있는 것들을 제대로 보고 이해하는 방법을
몰랐으며, 존재의 목적도 없었으며, 다른 사람이나 사물에
대해 가르치려 들 뿐이었다. 이런 악랄한 태도 때문에 나는
학창 시절에도 가르침 받는 것을 그다지 좋아하지 않았다.
그런데 여행가의 영성靈性과 일깨움을 마주하자 나의 저열한
근성은 또다시 나타났다. 나는 스스로가 똑똑한 것처럼
말했다. "우리에게 여행가가 왜 필요한 거죠? 그런 여행 자료가
필요하다면 여행서를 사면 그만 아닌가요? 여행 방식은 옷을
만드는 것처럼 사람마다 다를 수 있으니까요."

그녀는 미간을 찌푸렸지만 금세 표정을 부드럽게 바꾸며
말했다. "여행가에겐 관점이 있지만, 여행서는 자료에
불과하죠. 재미있는 여행에 대한 주장이 제기되기 전에,
여행 자료는 모두 무용지물이에요. 여행은 단순히
여행이 아니라, 인생을 대하는 태도라는 것을 잊지 말아요."
철학적인 문장이다. 나는 뒤통수를 만지작거리며 웃었다.

플랫폼의 의심

——

기차역은 이미 생리사별[9] 의 능력을 잃어버린 것 같다. 나는
한 여자가 플랫폼에 서서 울고 있는 것을 지켜보았다.

그리 크지 않고 색이 진한 가죽 가방 하나가 옆에 놓여 있었고,
검정색 하이힐 근처에서부터 무릎까지 오는 스타킹이 다리를
감싸고 있었다. 그녀는 어깨를 감싸고 있는 스웨터를
신경질적으로 끌어당겼다. 어깨선이 드러나는 것을 옷으로
감추려는 듯했으나 잘 가려지지 않았다. 흐르는 눈물을
닦으면서도 긴장을 놓지 않고 주위를 살폈다.

나는 그녀가 도망친 거라고 생각했다. 그녀의 현재 상황이
어떤지는 나는 알 수 없지만, 그 생활로부터 벗어나고
싶어하는 듯했다.

---

9   生離死別. 살아서는 서로 멀리 떨어져 있다가 죽어서
영원히 헤어짐. (옮긴이)

그때 역으로 들어오는 기차는 없었을 것이다. 혹은 이미
모두 역을 떠났을 것이다. 스피커는 갑자기 조용해졌고,
기차역은 고요해졌다. 길을 잃은 한 쌍의 비둘기가 플랫폼에
놓인 쓰레기통 뚜껑 위로 날아갔다. 나는 책을 한 권 꺼내
읽기로 했다.

그녀는 가방을 들곤 무의식적으로 손가락을 입에 넣고 빨면서,
내가 앉아 있는 의자 쪽으로 걸어왔다. 의자에 앉고선 올이
풀린 스타킹을 무릎 위까지 끌어올렸다. 그녀에겐 분명 남자
친구가 있을 것이다. 만약 미국 소설가 어니스트 헤밍웨이가
이 자리에 있었더라면, 그녀에게 남자 친구를 데려다놓고,
그들이 모던하고 화려한 플랫폼에서 서서 둘의 미래를 이야기
나누게 만들었을 것이다.

그는 오늘의 풍경과 냄새, 멀리에 있는 나무의 생김새, 기차역
레스토랑의 디저트 종류까지 사실대로 글에 담아낼 것이다.
주위 사람들에게는 평범한 날에 불과하겠지만, 그녀만을 위한
기념일로 재탄생할 것이다. 추측하건대 그녀에게는,
뱃속 아이를 떼어야 할지 말아야 할지를 고민하고 있는
날일지도 모른다. 그녀는 여전히 손가락을 자근거리며 씹고

있다. 정말 어떤 결정을 내리지 못한 채 망설이는 듯하다.

기차가 들어왔다. 나는 책을 덮고, 재빨리 짐을 챙겨 기차에
올라탔다. 나는 자리를 찾고, 짐을 내려놓았다. 다시 책을
펼치고, 편안하게 몸을 의자에 기댔다. 그런데 어쩐지 활자는
눈에 들어오지 않았고, 올이 풀린 스타킹만이 눈에 들어왔다.

그녀도 나와 같은 기차 칸에 탔다. 가죽 가방을 내 머리 위에
있는 짐칸에 올려놓더니, 어깨에서 미끄러져 내리는 스웨터를
끌어당겼다. 그녀를 의심하는 듯한 내 눈빛을 마주한 그녀의
눈동자는 여전히 눈물로 촉촉하게 적셔져 반짝이고 있었다.
그녀는 나를 보고 생긋 웃고는 몸을 돌려 열차에서 내렸다.
빠른 걸음으로 플랫폼을 지나갔고, 역 밖으로 사라졌다.

나는 차장이라도 찾아가야 하지 않을까 망설였다. 어쩌면
그 가죽 가방 안에는 폭탄이 들어 있을지도 몰랐다. 내가 몸을
일으키기 전, 앞에 앉은 양복을 입은 남자가 갑자기
일어나더니 매우 차분한 표정으로 가죽 가방을 내려놓고,
앞에 있는 기차 칸을 향해 걸어갔다.

기차가 움직이기 시작했다. 나는 차창 밖 플랫폼에서 남자의
그림자를 찾으려 했지만, 찾을 수가 없었다. 남자는 기차에서
내리지 않았다. 가죽 가방의 내용물은 그녀의 눈물이기도 했고
남자의 행방이기도 했다. 이 여정에서 마주한 의문은 하늘을
낮게 나는 독수리처럼 쉬지 않고 내 머릿속을 맴돌았다.

그가 옳았다. 다른 사람의 세상 밖에서 '관찰자'로 서 있었기
때문이다. 어쩌면 상황 밖에 있었던 그가 가장 혼란스러웠을지도
모르지만.

새해 여행

새해에 집을 나서 여행하기란 쉽지 않은 일이다. 새해의
여행자가 마주하는 건 상상 속에 그리던 번화한 이국의 도시
풍경, 사람들 목소리로 시끌벅적한 재래시장이 아니다.
휑뎅그렁한 큰길, 조용한 골목, 굳게 닫힌 상점, 꺼져 있는
네온사인이다. 평소엔 사람들로 붐비던 공원도 한산해지고,
길 위에선 생명체의 흔적조차 없는 듯, 도로를 달리는 차량
또한 많지 않아 적막하다. 차가운 겨울바람만이 쏴쏴 소리를
내며 당신과 함께 길을 걷는다. 매서운 겨울바람에 가로등이
꺼질 듯, 겨우 제자리를 지키고 있다.

새해에 휴가를 내어 여행을 떠나는 여행자는 신이 나 있지만,
동시에 여행의 꿈이 물거품이 되어버릴까 걱정스러워한다.
여행은 한 해 계획 중에서도 장기적인 계획에 속하기
때문이다. 새해 여행은 장거리 연애를 하는 연인들의 약속과도
닮았다. 장거리 연애를 하는 이들은 힘들게 약속을 정하지만,
가장 달콤한 꿈이 실현될 수도 있고 그 기쁨과 환상이 무참히
깨져버릴 수도 있다. 연말 상여금과 일 년 동안 힘들게 저축한

돈으로 여행자의 주머니가 두둑해졌다. 300여 일간의 고된
노동에서 육체는 비로소 해방되었고, 여행자는 여행에서
뜻밖의 만남이 있기를 간절히 기대해본다.

새해에 여행자는 머나먼 여정으로 이 도시에 도착했지만
이곳 사람이 가려는 목적지가 자신이 떠나온 바로 그 도시임을
발견한다. 당신은 나의 도시로 가고, 나는 당신의 도시로
왔으니 결과적으로 서로 헛물을 켠 셈이다.

박물관은 문을 닫았다. 미술관은 문을 닫았다. 극장은 문을
닫았다. 백화점은 문을 닫았다. 과일 가게는 문을 닫았다.
공연장은 문을 닫았다. 커피숍은 문을 닫았다. 레스토랑은 문을
닫았다. 여행자가 묵는 호텔은 식사 시간이 제한되어 있다.
오전 여덟시부터 열시, 오후 일곱시부터 아홉시까지인데
규정이 기숙 학원보다 더 엄격하며, 점심에는 식사를 제공하지
않는다. 기대가 클수록 실망도 커진다. 이 말은 꼭 애정을
염두에 두고 하는 말이 아니다.

길은 여전히 막힌다. 많은 사람들이 문을 나서 여행을 떠난다.
하지만 목적은 집에 돌아가는 것이 아니다. 더이상 사람들은

발걸음을 총총거리며 집으로 돌아가지 않는다.

고향을 떠나 타지에서 일을 하고 있는 여행자들은, 고향을
그리워하는 감정으로부터 이미 아득하게 멀어져 있다. 20세기
몇 차례의 전란이 인류를 짓밟고 휩쓸고 지나면서, 집이란
너무나 복잡한 개념이 되었다. 중국 사람이 남미에 살면서
브라질 여권을 갖고 있다. 독일 사람이 자신은 미국
사람이라고 말하면서 리하르트 바그너의 음악을 듣고도
아무런 감흥을 느끼지 못한다. 코트디부아르 사람은 표준
영어를 말하지만 홍콩에 살면서 일하고, 타이완 사람은
러시아에서 유학한 다음 네덜란드 사람과 결혼한다.
팔레스타인 사람이 이집트에서 성장하고 남은 생을 뉴욕에서
보내기도 한다. 이렇듯 국적이란 더이상 집이 아니며,
질서정연하게 존재하지도 않는다. 마찬가지로 신분은 더이상
단일 문화가 제공하는 모범 답안이 아니다.

인류는 점점 더 자유로워지는 것 같지만, 동시에 점점 더
판단력을 잃어간다. 예전에는 쉽게 대답할 수 있었던 많은
문제들도 지금은 쉽게 정의를 내릴 수 없다. 예를 들면 이런
거다. 당신은 어느 지역 사람인가요? 지금 어디에서 살고

있나요? 당신이 말하는 '새해'는 종교적 정의, 서기西紀,
태음력太陰曆 중 어느 것에 근거를 두었나요? 새해가 어느
계절에 속해 있나요? 10월, 1월 아니면 2월?

우리는 작은 일에도 크게 기뻐하며, 중국식 음력 새해를 보낼
준비를 하고 있다. 중국 사람들이 '춘절春节'이라고 부르는
큰 명절이지만, 오랫동안 베를린에 살고 있는 타이완 친구에게
이날은 평소처럼 출근하는 평범한 날에 불과하다. 디왈리
페스티벌[10]은 인도를 출렁이게 만들지만, 그때 싱가포르
한구석은 고요하기만 하다.

현대인들은 큰 착각을 하며 살아간다. 자신들은 농업시대
조상들이 토지에 대해 가졌던 중요한 관념을 뛰어넘었다는
것이다. 그들은 물고기를 잡고 사냥을 하는 생활 방식을
따르고, 물과 풀을 따라다니며 살고, 자유롭게 이동하고,
일하고 쉬는 데 제약이 없으며, 토지에 얽매이지 않고 산다고

---

10 Diwali Festival. 힌두교의 최대 명절. 빛의 축제인
    점등 축제와 불꽃놀이가 열린다. 디왈리를 전후하여
    힌두교도들은 부와 번영의 여신인 라크슈미Lakshmi로
    집을 장식한다. (옮긴이)

생각한다. 우리는 스스로를 '도시의 유목민' '보보스족[11]'
'현대 보헤미아인' '신新 집시족'이라 일컫는다.

우리가 만든 세상은 급속도로 도시화, 과학화되고 있다.
그에 따라 수많은 문화 원본과 사계절의 변화에 따라 만들어진
문화 풍속들은 점점 그 필요성을 잃어가고 있다. 우리는
여름에 스케이트를 탈 수 있고, 겨울에 수영을 할 수 있다.
오전에는 도쿄에 있고, 오후에는 싱가포르에 있을 수 있다.
당연히 우리는, 새해에 집에 돌아가 설을 쇠지 않을 수 있다.

우리는 새해를 휴가라고 생각하게 된다. 바쁜 업무로부터
한숨 돌리고 휴식을 취하는 시간. 다른 사람들은 집으로
돌아가고, '우리'는 여행을 할 것이다. 아마 관광명소에는

---

11 Bobos. 《뉴욕타임스》 칼럼니스트인 데이비드 브룩스의
    저서 『보보스』에서 유래한 용어. 기존의 엘리트 계층이
    관습·제도·가문 등 외적인 요인의 영향을 받아
    성공한 것과는 달리, 높은 교육 수준을 바탕으로 스스로
    성공 신화를 이룬 정보화 시대의 신흥 엘리트 계층을
    일컫는 말로 쓰인다. 부르주아Bourgeois의 야망과
    성공에 대한 집착, 보헤미안Bohemian의 방랑과 저항과
    창조성이라는 특성을 동시에 가지고 있다는 점에
    착안해 만들어졌다. (편집자)

사람들의 발길이 뜸할 것이며, 차가 막힐 일도 없을 것이다.
설을 쇠는 대신 여행을 가다니, 이 얼마나 총명한 생각인가!

여행길에 오르고 나서도 우리는 새해 여행은 새해의 첫날에
떠나는 참신한 여행인 것 같고, 유행을 따르지 않는 여행인 것
같다고 생각한다. 과거에는 새해에 모든 사람들이 집으로
돌아갔기 때문에 도로가 혼잡했다. 지금은? 사람들이 모두
여행을 떠난다. 그래서 도로는 여전히 복잡하다. 후기
산업사회에서 생활하는 우리들의 일상생활은 이미
질서정연하게 나뉘었다. 우리는 스스로가 상상하는 것
이상으로 훨씬 생활의 리듬을 잘 지키며 산다. 출근 시간에
혼잡한 지하철을 타고, 엘리베이터를 타고, 업무 준비를 한다.
식사 시간이 되면 레스토랑 앞에 줄을 서고, 쉴 때가 되면
약속이나 한 것처럼 쇼핑몰로 몰려가서 다투듯 할인 상품을
산다. 헬스장에서는 인내심을 갖고 공용 운동기구를 사용해서
운동한다. 마찬가지로 새해가 되면 사람들은 비행기 좌석을
예약하고, 기차표를 사고, 이용할 교통수단의 티켓을
구매한다. 새해에 고속도로 위에서 차량이 정체되고 모두가
피곤해지는 것은 집을 떠나 여행을 한다는 공통된 목표
때문이다.

사회학자 리처드 세넷Richard Sennett이 지적한 것처럼,
이전까지의 '도덕'은 전쟁이나 이사, 혁명의 도전과 붕괴 같은
것들에 부딪혔고, 오직 '일'만이 현대인이 공동으로 따르는
새로운 윤리가 되었다. 국적, 문화, 피부색, 성적性的 취향은
인정받을 법한 효력을 갖기 어렵지만, 일은 모든 사람들을
하나로 묶는 역할을 한다. 바꾸어 말하면, 우리 스스로가
도덕성과 생활 준칙을 잃거나 공동체 의식이 부족한 것은
결코 아니라는 말이다. 비록 전 세계가 개인화 추세로
발전해나갈 것으로 짐작할 수 있어도, 당신과 나 사이의
관계가 여전히 사람들을 놀라게 하는 것과 비슷할 것이다.
업무 윤리는 우리가 신봉하는 신新 도덕 원칙이 되며, 일을
중요시하고 일에 의존하는 경향 또한 인류 공통의 신앙이 될
것이다. 우리는 일을 중심으로 자기 생활을 만들고, 가정을
꾸리고, 인간관계를 수립하며, 1년의 시간을 분배한다.

새해 여행을 떠나는 여행자는 탑승 게이트와 다른 여행자들
사이에서 밀치락달치락하며 줄을 서 있다. 그 틈에서
여행자는 자연의 순리를 따라 사계절에 맞추어 농사를 짓는
조상과 자신과의 거리가 그렇게 멀지만은 않음을 깨닫는다.

137

4장.

경계 境界

다보스 여행자

일주일 안에 서로 다른 나라의 두 도시를 찾아가려는 어떤
여행자가 있다. 그들은 대부분 비행기 1등석을 이용하며,
5성급 호텔에서 묵는다. 당신은 그들이 당신의 도시에
찾아오기를 바라고, 동시에 찾아오지 않기를 기도한다.
그러나 당신이 기도하는 내용과 상관없이 그들은 이미 혹은
미래에 혹은 지금, 당신의 도시에 존재하고 있다.

당신이 잠든 사이, 그들은 당신이 살고 있는 도시의 경제
판도를 다시 짰다.

당신은 꿈에서 깨어났고, 태양은 여전히 아름다우며 공기는
맑고 깨끗하다. 깨끗하게 양치질을 하고, 세수를 하고, 몸을
단장한다. 기분좋게 새로운 하루를 맞이한다. 가까운 골목의
편의점에 들러 평소대로 아침식사거리와 신문을 산다. 신문을
보아야만 은행 예금 가치가 떨어졌는지 올랐는지 알 수 있다.
부동산 시세는 또 크게 떨어지거나 상식 밖 수준으로 올랐을
것이다. 어제 급하게 샀던 주식은 오늘 꼭 팔아야 한다.

어젯밤 잠들었을 때부터 오늘 아침 잠에서 깨어났을 때까지,
채 다섯 시간도 지나지 않았다. 버터가 들어 있는 모닝빵을
씹다 말고, 잠이 부족한 눈을 비벼댄다. 무슨 일이 일어났는지,
당신은 전혀 모르고 있다.

'그들'이 왔었다. 천사라면 깃털이라도 하나 남겨 놓았겠지만,
그들은 아무런 흔적도 남겨놓지 않았다. 그들은 당신을
모르지만, 당신이 집을 사기 위해 세워놓은 계획과 그간
모아둔 결혼 자금에 엄청난 영향을 끼쳤다. 그들은 당신으로
하여금 주식 투자를 해서 경제적인 어려움에 직면하게 할 수도
있고, 갑자기 주식을 내다 팔고 BMW를 사게 할 수도 있다.
딱 하룻밤 사이에 말이다.

그들에겐 '다보스맨[12]'이라는 별명이 있다. 이 말은 매년

----

12   Davos man. 이 말은 스위스 다보스에서 영감을 받아
나왔다. 새뮤얼 헌팅턴Samuel Huntington이 그의 유명한
저서 『문명의 충돌』에서 처음 언급했다. 네티즌들은
'達弗斯(dafusi)'의 번역을 '大富士(dafushi, 대부호)',
'大力士(dalishi, 힘센 장사)' '打不死(dabusi, 때려도 죽지
않는다)'라고 바꾸어야 한다고 제의했다. 작가는 깊이 있게
고민해서 적절하고 생동감 있는 다보스達弗斯라는 말을
사용하여, 오늘날 세계적으로 우월한 지위에 있는 그들의
상황을 잘 묘사했다.

한 번씩 스위스 제네바에서 개최되는 세계경제포럼에서
유래했다. 세계 각지 수십 개 국가의 은행가, 투자자, 정부
관료, 지식인과 언론 종사자들이 몰려들어 세계경제 발전
방안을 계획하고, 토론한다. 그들을 중심으로 국경을
뛰어넘는 금융 조직이 탄생한다.

그들은 겉으로 보기에는 공통점이 없다. 그들의 공통분모는
그들 머릿속에 든 개인주의, 시장경제와 정치, 민주주의 같은
것들이다. 그들은 전 세계 인구에서 1퍼센트도 되지 않는 수의
사람들이지만, 전 세계 대부분의 경제활동을 주도해왔다.
이러한 사실로 인해 그들은 국경을 초월한 여행자가 되었다.
각국을 드나들 때마다 비자로 인해 곤란을 겪지도 않고,
비행기 좌석을 예약하지 못해 고생하지도 않는다.

그들은 영원히 여행중이다. 그들에게 여행은 반드시 필요한
생활 방식이지, 사치가 아니다.

'다보스맨'은 현대의 카르타고Carthage인이다. 그들이 여행을
떠나는 유일한 동기는 '상업'이다. 그들도 물론 낯선 문화에
호기심을 갖고, 튀니지의 한 해안을 좋아하며, 이국의 음식을

좋아하고, 자신들의 여행을 계획한다. 하지만 상업적인
가치가 떨어지는 장소는 그들의 여행 우선순위에서 제일
마지막 순위를 차지하게 된다. 반대로 강력한 시장 잠재력을
가진 장소라면, 다보스맨은 분명 그곳부터 찾아간다.

그들은 여행하지 않는다. 모험에 맞서는 것뿐이다.
다보스맨은 21세기를 살아가는 탐험가이다. 여행과 탐험은
다르다. 여행에는 위험한 요소들이 빠져 있고, 여행의 목적은
'이해'에 있으며, 여행은 개인의 지식과 경험을 쌓기 위해
존재한다. 하지만 탐험에는 위험한 요소가 많고, 탐험의
목적은 정복하는 것에 있다.

다보스맨은 엄청난 재력과 권력을 지닌 채 낯선 국가에
도착한다. 현지 언어를 한마디도 할 수 없고, 현지 풍습에
대해서도 아는 바가 없고, 환경과 기후마저 몸에 맞지 않아
고생을 할 것이다. 그들은 일찍이 이 '시장'을 개발하고자
했다. 그들은 흥미진진해하고, 단단히 벼르고 있다. 자신감이
넘쳐 흐른다. 그럼에도 투자가 실패해 밑천을 회수하지 못할
수도 있고, 현지 갱단과 원수를 져서 살인 사건이 일어날 수도
있다. 사기를 당하거나 돈을 빼앗기거나 피소되거나 평생

상상하지도 못할 상황에 빠질 수도 있다. 그러나 아주 작은
성공의 희망이라도 보이기만 한다면, 다보스맨은 여행을
떠날 것이다.

그들은 하느님의 사자使者가 아니고, 돈의 전도사가 아니다.
그들이 당신에게 원하는 것은 종교적 신념이 아니며, 문명을
없애는 것도 아니다. 그들은 당신의 국가 지도자가 누구인지
개의치 않는다. 그들은 그저 당신의 물건을 사고, 당신이
그들의 물건을 사기를 바랄 뿐이다. '사고팔기'에 편리한
공간을 만들기 위해 그들은 기꺼이 자신들이 할 수 있는
최선의 서비스를 제공한다. 법률을 개정하고, 재정·경제
정책과 외교 방안의 초안을 세우고, 자금을 지원해서
정계 인사가 경선에 참여할 수 있도록 돕는 그 모든 것이
그들의 일이다.

다보스맨의 이상이자 임무는 전 세계를 하나의 거대한
쇼핑센터로 개조하는 것이다. 모든 사람들이 습도와 온도가
일정한 에어컨 환경에서 유유히 거닐고, 자극적이지 않고
듣기 좋은 배경음악이 흘러나오는 곳. 이념과 규범, 종교 등
방해 요인을 제거하고 오직 '소비' 행위에만 집중할 수 있도록

하는 것이다.

그들은 도덕이나 윤리적 책임을 강조하지 않는다. 애초에
'충정'이라는 것은 그들의 마음속에 없었다. 때문에 세계
각국의 정부 인사와 지식인들은 그들을 '기회주의자'
'자본주의의 사냥개' '국가와 민족 개념이 없는 인간쓰레기'
'돈의 노예' 혹은 '부끄러움도 모르는 불량배'라고 부른다.

그러나 인류는 돈에 대한 미움을 항상 철저하게 유지하지는
못한다. 사람들은 다보스맨의 행동에 반대하는 이들의 입을
빌려 그들을 욕하지만, 그들을 향해 두 손을 벌려 구걸하기도
한다. 그래서 '돈의 전도사' 다보스맨은 여전히 여행을 하고,
활발하게 활동할 수 있는 것이다. 그들은 세계 곳곳에 더 많은
요새를 건설한다.

내가 인도 뉴델리의 한 호텔 로비에서 인도 IT 기업의 대표를
기다리고 있을 때, 한 다보스맨이 배를 어루만지며 인도
음식 속 매운 고추는 삼키기가 어렵고 인도의 위생 상태도
엉망이라며 욕하는 것을 들었다. 그는 중얼중얼 불만을
말하면서 하루빨리 그가 살던 도시로 돌아가야겠다고 말했다.

"인도 사람들은 진짜 더럽다니까. 사람 몸에서도 더러운
냄새가 날 정도니!"

"그럼 당신은 왜 인도에 와서 투자를 하죠?"

다보스맨은 나를 보며 예의 있고 절제하는 태도로, 그러나
비웃는 듯한 미소를 지어 보이며 말했다.
"돈 때문이죠!"

이것이 세계가 돌아가는 유일한 진리다.

다보스 민족

—

다보스맨은 스스로 만든 민족이다. 그들에게는 그들만의 생태
환경과 놀이 규칙, 도덕 법칙이 있다. 그들은 세상 모든 민족과
국가에 속하며, 동시에 어느 민족과 국가에도 속하지 않는다.
출신이나 소속은 그들의 발걸음을 붙잡지 못한다. 오히려
외부를 향한 그들의 갈망을 더 크게 만들 뿐이다.

그들에게 사업 기회는 멀리 떨어진 등대에서 오는 불빛과
같다. 다보스맨이 돛을 올리고 출항하도록 손짓한다. 뒤에서
그들을 지탱해주는 것은 억지로 만들어낸 우호적 감정이
아니라, 작가 조지프 콘래드Joseph Conrad가 말했던 '집념'이다.
사심이 전혀 들어가지 않은 집념. 다보스맨은 강인하기 때문에
어떠한 어려움도 극복할 수 있는 것이다.

그런 집념을 가진 다보스맨은 객지를 떠돌며 고생을 한다.
여러 벌의 양복, 구두 한 켤레, 기록을 위한 노트북,
운동 습관에 맞춘 수영복과 조깅화가 그들의 여행에 필요한
가장 기본적인 물건들이다.

영국의 일간지와 미국의 《월스트리트 저널》은
그들의 여정을 따라 발행된다. 텔레비전 채널 CNN, CNBC,
HBO에 종사하는 사람들은 그들 덕분에 4성급 이상 호텔
개실에 머무를 수 있었다. 《이코노미스트》《포브스》
《비즈니스 위크》《모노클》등의 잡지 또한 그들에 맞춰
제작된다. 신용카드를 발행해주는 은행은 통상 다보스맨이
경영한다. 그러니 상점에서 신용카드를 받지 않을 이유가
없다. 신용카드의 신용도에 대해 의문을 품는 것은 다보스맨
개인의 신용을 의심하는 것과 같다. 그렇다면 안녕, 당신은
앞으로 영원히 그들의 얼굴을 볼 수 없고 그들로부터 땡전
한 푼 벌 수 없을 것이다. 다보스맨이 아무리 돈이 많다 한들
말이다.

'행복은 돈으로 살 수 없다'는 진리에 따르면, 다보스맨은
눈동자에 생기가 없고, 이른 나이에 흰머리가 생기고, 몸이
허약해야만 한다. 온종일 컴퓨터 화면 앞에만 앉아 주식의
등락을 지켜보고, 가정에 소홀하고, 친구 하나 없어서
정신적으로 공허해해야만 한다. 밤에는 잠을 이루지 못하고
약물의 힘을 빌려야만 쉴 수 있는, 낮에는 계속 하품을 하면서
잠이 부족하다고 투덜거리는 사람이어야 한다.

하지만 현실은 이렇다. 다보스맨은 기가 막히게 건강하고
유쾌하다. 그들은 지구상에서 유일하게 떠나고 돌아오는
것이 자유로운 사람들이다. 그들의 대부분은 한 나라에서
성장하고, 다른 나라에서 교육을 받고, 또다른 나라로 가서
일을 한다. 그래서 그들은 보통 2개국 이상에서 거주한
경험이 있고, 두 가지 이상의 언어를 유창하게 구사한다.

다보스맨은 젊었을 때 일류 학벌을 점령한다. 성장한 후에는
한 도시에서 가장 좋은 지역에 위치한 호화 주택에서
거주한다. 고가의 옷이 진열되어 있는 화려한 쇼윈도에
눈길을 빼앗긴 당신은 '대체 어떤 사람들이 이런 옷을 입는
걸까?' 생각하며 자신의 안목을 부끄러워한다. 그런 고가의
옷들은 할인 상품이 될 기회조차 없이 순식간에 다보스맨에게
팔려나가는데 말이다. 다보스맨의 아이들은 총명하게 자라서
주변 사람들을 기쁘게 한다. 그들의 배우자는 사리가 밝고
정직하며 강인하고 자상하다.

당신은 흥행하는 연극 티켓을 사려고 수고스럽게 줄을 서고도
결국 극장 맨 뒷줄에 앉는다. 그런데 이상하게도 가장 앞쪽
좌석은 연극이 시작할 때부터 끝날 때까지 계속 비어 있다.

다보스맨이 표를 샀지만 일하느라 시간이 없어서 극장에 오지
못한 것이다. 그들은 바쁘게 돈을 번다.

사람들은 다보스맨이 천박하다고 비평하는 것을 좋아한다.
다보스맨은 자주 여행을 하지만 현지 문화를 전혀 이해하지
못하기 때문이다. 그들은 언제나 비행기에서 내리자마자
회의실로 간다. 한번 시작된 회의는 해가 지고도 계속
이어진다. 저녁에는 택시를 타고 6성급 호텔로 달려간다.
룸서비스를 주문할 때에는 아예 호기심이 없거나 아주 맛있는
현지 음식을 먹고 싶어하기도 하지만, 반대로 왜 호텔에서
현지의 '조금 정상적인' 음식을 제공하지 않는지 이해하지
못하기도 한다. 그들은 종종 한 도시에 세 시간도 머무르지
않고 떠난다. 회의 참석차 도시를 방문했기 때문이고, 회의를
마치면 바로 비행기를 타고 떠나는 것이다. 그럼 과연,
다보스맨이 그 도시에 왔었다고 말할 수 있는 것일까? 답은
그날의 주식시장과 외환시장을 살펴보면 알 수 있다. 닭고기
표고버섯소가 들어 있는 동그랗고 윤기 나는 만두를
젓가락으로 집어 간장에 찍는 것과 같다. 만두를 아주 살짝만
간장에 찍었다 빼도 검은 간장 위로 투명한 기름이 뜨기
때문이다. 그들이 다녀간 흔적은 도시에 남는다.

다보스맨은 현지 신화와 문화를 이해하지 못한다. 하지만 그들과 이야기를 나누어보면, 그들이 당신 도시의 발전과 문화적 배경에 대해 당신보다 훨씬 잘 알고 있다는 사실을 발견하게 된다. 왜냐하면 그들이 그 도시에 머물렀던 스물네 시간 동안, 평범한 사람들은 만날 수 없는 거물급 인사를 만났기 때문이다. 당신의 도시에 비바람을 일으킬 수 있고, 도시 건설과 경제 발전을 주도하는 인사들 말이다. 다보스맨과 거물급 인사는 함께 식사를 했고, 회의를 했고, 악수를 했고, 명함을 교환했고, 이메일을 통해 수시로 연락을 주고받기로 약속했다.

당신은 도시의 정치적 국면이 어떻게 변화하고 있는지 알 수 없지만, 다보스맨은 거물급 인사를 통해 직접 소식을 전달 받았고, 미래에 지도자가 될 사람들과도 함께 저녁을 먹었다. 다보스맨은 당신의 집이 위치해 있는 골목, 잡초가 무성한 공터에 2년 후에는 고층 건물이 세워지고 그 안에 영화관과 쇼핑센터가 입점한다는 사실을 알고 있고, 재빠르게 자금을 투입한다. 당신은 공사를 시작하는 그날, 여기에 무슨 공사를 하는 거냐며 인부에게 묻고 지나칠 것이다.

그렇다. 다보스맨이 현지 문화를 전혀 이해하지 못한다고
말할 수 없다. 만약 다보스맨이 당신의 도시 역사와 전통에
대해 연구한다면, 아마 당신의 소비를 이끌어내기 위해서일
것이다. 당신은 그들이 생각했던 것보다 천박하지 않다는 것을
알아차리고는 속상해할 것이다. 그러나 잊지 말아야 한다.
그들은 지구상에서 가장 좋은 학교에서 공부했고, 다양한
언어 능력으로 각종 정보를 흡수하고 있다는 사실을. 설령
그들이 진짜 천박하다 할지라도 환상적인 능력으로 그것을
교묘히 감추고 있다는 사실을.

당신이 민족주의나 국가주의를 내세워 다보스맨에게
대항한다면, 그들은 오히려 신사적인 태도와 훌륭한 교양,
실수 없이 정확한 말로 맞설 것이다. 당신은 그들과 비교했을
때 스스로가 완고하고, 교양이 없고, 이치가 없으며 도량이
좁다는 사실을 마지못해 의식하게 된다. 마치 무장봉기를
일으킨 농민혁명과 같다. 정당한 이유는 있지만 야만적이고
이치에 맞지 않아 보이고, 완벽한 이론적 근거가 부족해
적대적으로 보이는 것이다.

당신의 완강한 태도를 마주하고도 다보스맨은 많은 말을

하지 않는다. 다보스맨에게 시간은 매우 귀한 것이라, 그들은
자신과 별 관계가 없는 사람을 위해 시간을 낭비하지 않는다.
그들은 넥타이를 느슨하게 풀고, 짐 가방의 손잡이를 세우고,
노트북을 등에 메고, 공항에 도착해 다음 도시로 떠날 뿐이다.
떠나기 직전, 다보스맨은 당신에게 미소를 지어 보인다.

다보스맨이 탄 비행기가 하늘을 날고 있을 때 당신은 골목에서
공터를 마주한다. 비가 내리면 골목길은 쓸모없는 진흙
구덩이로 가득 차고, 저녁이 오면 모기들만 윙윙거리며 난다.

당신은 거실로 돌아와 텔레비전을 켠다. 시청한 지 얼마가
지나고서야 당신은 지금 보고 있는 CNN 채널이 다보스맨이
소유한 채널이라는 것을 알아차린다. 당신은 영어를
배워야겠다고 생각한다. 영어는 다보스맨의 모국어이다.

다보스 건축

이번에 파리에 가는 다보스맨은 내게 라데팡스에 가봤는지를
물었다. 나는 수년 동안 파리에 관한 상식을 쌓았고, 마침내
자격을 갖춰 프랑스 문화, 라틴 지구의 서점, 몽마르트의
퇴폐적인 매력, 에펠탑 풍경 등을 주제로 한 토론에도
참가했었다. 하지만 지금까지도 내가 가지고 있는 프랑스에
대한 상식을 뽐낼 기회는 거의 없었다.

라데팡스. 다보스맨은 '현대의 파리가 진실한 파리'라고 내게
알려주었다. "파리에 오면 노트르담 대성당 근처에서
아이스크림을 먹는 일본인 관광객의 행동은 배우지 말아요.
루브르박물관 맞은편 언덕의 작은 골목에서 작품을 사지도
말고, 사람들로 북적거리는 샹젤리제 거리를 걷지 말아요.
길거리에서 커피를 마시는 것도 엄청나게 비위생적이죠."

전철을 타고 마지막 역까지 간다. 지하에서 나오니 햇살이
유독 눈부시다. 빛에 익숙해지기를 기다렸다가 개선문을
바라본다. 화려하게 조각된 돌기둥은 온데간데없고, 실력이

부족한 미대생이라도 그릴 수 있는 윤곽만이 남아 있었다. 깨끗하고 눈부신 유리창을 사이에 두고 굳건하게 서 있는 기세가 여행자의 시선을 사로잡는다. 이것은 개선문이 아니지만, 역시 개선문이다. 이것은 새로운 개선문이며, '커다란 아치형 문'이라 부르기도 한다.

양복에 넥타이, 통이 좁은 치마와 하이힐. 한 무리의 나비가 경쾌하게 춤을 추고 날아가듯 사람들이 지나갔다. 대오에 끼지 못한 나비들은 내 주위를 바쁘게 돌아다녔고, 별다를 것 없는 빌딩 입구에서 나타났다 사라졌다. 8월의 파리, 의외로 많은 사람들이 휴가를 떠나지 않았다. 정오가 지나자 아치형 문 근처의 커피숍에는 한가하게 앉아 커피를 마시는 사람이 한 명도 없었다. 모든 커피는 테이크아웃된다.

바로 이것이 파리이면서, 파리가 아닌 것이다.

이곳은 관광객의 파리가 아니다. 파리 공동체의 파리가 아니다. 보들레르나 혹은 마르셀 프루스트의 파리도 아니다. 여기는 다보스맨의 파리이다. 그리고 그들의 현대 개선문이 있는 곳이다.

경제활동은 도시의 풍경을 빚는다. 옛 방식 그대로 장이 서는
시골 마을에서부터 철도 노선 중계수송기지까지, 특정 상품의
전문적인 제작에서부터 인류의 활동 확장으로 인한 도시
건설까지. 경제활동의 내용이 바뀌면 도시의 생김새도
새롭게 변해간다.

홍콩, 도쿄, 런던, 영국, 싱가포르…… 다보스맨의 여행 노선을
따라가다보면 다보스맨의 특별 구역을 발견한다. 도시 속의
도시 '금융센터'이다. 크고 작은 다보스 본부들이 그 안에
자리잡고 있으며, 다보스맨들이 분주하게 움직인다. 국경도
없이 여러 나라를 바쁘게 오가는 다보스맨에게는 사실
여권상의 국적이 필요 없다. 금융센터야말로 그들의 진정한
고향이다. 금융센터에 들어선 다보스맨은 자신과 같은 부류의
사람들을 찾아내 인식한 후에야 가방을 내려놓고 쉰다.

금융센터는 현대 도시의 심장부에 자리하고 있다. 이런 작은
심장들이 모여 혈액을 순환하게 한다. 도시를 움직이고,
세상을 움직이는 것이다. 하지만 다른 각도에서 보면 그것은
혈액이 아니라 붉은 용암 같다. 위험할 만큼 아주 뜨거운,
파괴적인 힘을 가지고 있다. 혈액과 용암의 기세는 둘 다 아주

대단해서 막을 방법이 없다.

금융센터 간의 공통점을 찾자면, 철근으로 만들어졌고,
하늘에 닿을 듯 높이 치솟은 건물이라는 점이다. 시멘트가
지면을 덮고 있고, 인공 분수가 있으며 거대한 조각상도 있다.
벽은 커다란 유리섬유로 만들어졌고, 모든 색상의 채도를
가장 낮게 한 조형감이 없는 조형물. 단순해 보이지만
기세등등하다. 바꾸어 말해, 금융센터는 곧 현대건축이다.

건축가 발터 그로피우스Walter Gropius는 "모든 창조적 활동이
마지막으로 돌아가는 곳은 건축물이다"라고 말했다.
현대건축은 다보스 문화의 결론을 구체적으로 보여준다.
냉정함, 이성, 논리, 구조적 사고, 하이테크놀로지에 대한
굳건한 믿음…… 또 그는 모든 지식 기술과 대량 복제가 기업
매니지먼트, 자동차 엔진, 심장판막수술 등 분야를 막론한
지구상 모든 곳으로 확장될 수 있기를 기대했다.

현대건축에 대한 대부분의 비평은 항상 다보스 문화에 대한
불평으로 이어진다. 예를 들면 ―역사·지리적 단절감을
조성한다. 주변 환경과 조화를 이루지 못한다. 자본주의의

상징이다. 상업적 냄새가 짙다. 기술혁명의 산물이다.
인문 정신이 부족하다. 영혼이 없다. 가장 값싸고 부도덕적인
방법을 사용해 전통을 파괴시킨다. 미국을 따라한다.
추악하다— 등을 들 수 있다.

20세기를 빛낸 현대건축물은 비가 내린 후에 버섯이 자라는
것처럼 세계 각지에서 우후죽순 생겨났다.
'국제적 품격'이라는 건축 언어를 만들어냈고, '전 지구적
산업'이라는 총본부를 갖추었다. 20세기 이전까지 다보스맨은
존재하지 않았다.

제3세계 국가의 금융센터만큼 처량해 보이는 것이 또 있을까?
제3세계 국가는 마음이 급하다. 다급하게 현대화를 추구하고,
지체하지 않고 다보스맨의 건축을 받아들인다. 때문에
오래되고 볼품없는 건축물들 사이로 금융센터만이 우뚝 솟아
있다. 그 광경은 꼭 마르고 쇠약한 원시인이 유전자를 개량한
미래 인류와 마주한 순간 같다. 잔혹하고 황당한 희극이다.
관객들은 그것이 처음부터 끝까지 절대 웃을 수 없는 유머임을
잘 알고 있다.

이렇게 건설된 금융센터는 거드름을 피우고 허세를 부린다.
마치 입지를 잘못 선택해서 지은 대형 놀이공원 같다. 손님
한 명 찾아오지 않고, 설비에는 녹이 슬고, 바람이라도 불면
쓰레기가 날아다닌다. 비가 내리면 지면에는 크고 작은
웅덩이가 생겨나고, 그 수면 위로 현지 사회문화의 어려움이
비친다. 하지만 이 무능력한 상황을 변화시킬 방법은 없다.

다보스맨은 세상에서 가장 치밀하게 계산하는 사람들이기
때문에 그들에게 기쁨을 선사하기란 쉽지 않다.
현대건축물로도 그들의 마음을 살 수는 없다. 그들에게는 먼저
손을 내밀어 악수를 청하는 예의는 있지만, 진정한 예절이
담겨 있지는 않다. 그들에게 더 필요한 것은 진실된 호의와
마음을 다해 동화되려는 열정이다.

회의실은 이 빌딩 28층에 있다. 그 공간은 유리벽으로 되어
있어서 완전히 개방되어 있는 것 같은 착각을 불러일으킨다.
손을 뻗으면 한 손으로 싱가포르 금융센터의 찬란한 야경을
장악할 수 있을 것만 같다.

"우리는 이 도시를 가졌어요." 다보스맨은 말도 잘한다.

세상은 생활하는 데 사용된다

———

나는 그녀와 함께 바르셀로나에서 쇼핑을 하고 있다. 그녀는
미국의 한 남성잡지 인터넷 부서의 부서장이다. 이 잡지는
미국 현지에서 5백만 부가 발행되고, 해외 20개국에서
국제판으로 발행되고 있다. 현재도 계속 발행 부수가 증가하고
있는 추세다.

그녀는 아프리카계 미국인이며, 다보스맨이다. 그녀는 매주
비행기를 타고 다른 국가에 가서 국제판 잡지 웹사이트를
구축하는 일에 참여하고, 이내 뉴욕으로 돌아와 기획서를
작성해 관련 인사들에게 이메일을 보낸다. 그녀가 메일을
보내는 대상은 거물급 인사들이기 때문에, 사실상 주소록은
작은 UN에 가깝다.

그녀는 스페인에서 핸드백을 사기로 했다. 스페인 가죽 상품의
품질은 이탈리아 제품 못지않으며, 디자인도 훨씬
클래식하다. 우리가 수없이 많은 상점에 들르는 사이
세 시간이나 지났다. 날은 어두워졌고, 그녀가 절망하기

시작할 무렵 우리는 국제적인 체인점을 가지고 있는 한 대형 쇼핑몰에 들어갔다. 5분도 채 지나지 않아 그녀는 검은 사각형 가죽 핸드백을 마음에 들어 했다.

나는 라벨을 살펴보았다. "이건 뉴욕 브랜드네요."

그녀는 흥분해서 말했다. "알아요. 신기하지 않아요? 뉴욕에서도 줄곧 이런 가방을 찾아다녔는데 못 찾았거든요. 파리에도 없었는데, 바르셀로나에서 찾아냈어요!"

나는 또다른 다보스맨인 한 친구를 떠올렸다. 그녀가 도쿄 아오야마도리에 도착해 처음으로 한 일은 미용실을 찾아가 머리카락을 자른 것이었다. 말도 통하지 않는 일본인 헤어디자이너를 남겨두고 미용실 문을 나서며, 그녀는 깔끔하게 자른 단발머리를 만지며 홀가분해한다. "홍콩에서는 머리 정리할 시간도 없었는데, 겨우 한 가지 처리했네." 이처럼 다보스맨에게 세상은 여행을 위한 것이 아니라, 생활하는 데 사용되는 것이다.

다보스맨은 "몽고에 가봤어"라는 말 따위는 하지 않는다.

"지난주 일요일에 몽고 친구와 함께 말을 타고 대초원을
달렸어"라고 말한다. 마치 당신의 어머니가 시장에 다녀온 뒤
당신에게 건네는 일상적인 대화 같다.

당신이 흥분하며 작년에 다녀온 스코틀랜드 이야기를 꺼내고,
에든버러의 시적詩的인 풍경에 대해 칭찬하면, 다보스맨은
"오, 맞아. 나도 학생 시절에 거기서 연구에 참여했었어"
하고 반응한다. 그러곤 그들은 아랑곳하지 않고 한 카페의
이름을 꺼낸다.
"거기가 에든버러에서 유명한 예술가와 문인들이 자주
출몰하는 곳인데 너도 알아?" 당연히 당신은 모르는 곳이었다.
그들은 한숨을 쉬며 말한다. "진짜 안타까워. 만약 거기에서
그 지식인들과 토론했다면, 내 평생 경험한 가장 소중하고
지적인 대화였을 텐데!"

당신이 현재 계획하고 있는 티베트 여행에 대해 이야기해볼
수도 있다. 다보스맨은 고개를 끄덕이며 아무런 질문도
하지 않을 것이다. 티베트에 가보지 못해서가 아니다. 그들은
중국 정부가 관광을 개방하기도 전에 이미 티베트에 가보았다.
심지어 그들은 프랑스 프로방스에 있는 3백여 년쯤 된

고택에서 여름을 보내고, 매년 자신들의 와이너리에서 재배한 포도로 술을 빚는다. 업무를 보는 도시로 그 와인을 가져가 사적인 자리에서 마시기도 한다. 이런 내용은 피터 메일Peter Mayle의 『나의 프로방스』에 담겼고, 그후 그곳의 생활은 과도하게 노출되고 변질되었다. 다보스맨은 어쩔 수 없이 아끼는 고택을 팔고, 관광객의 소란으로부터 도망쳤다.

다보스맨의 눈에서 초점이 사라졌다. 잠시 생각에 잠겼던 그는 당신에게 묻는다. "최근에 폴리니아에 '돌아간' 적이 있나요? 그곳에 전기가 들어온 후부터 모든 것이 달라진 것 같지 않아요?"

그렇다. 다보스맨과 여행 이야기를 하는 것은 일종의 자살 행위다. 그들의 여행 때문에 당신의 삶은 비루해지고, 비참해지며, 창의성이 부족한 것이 되어버린다. 런던에서 기념품으로 사온 플라스틱 병정 장난감처럼 버려도 전혀 아깝지 않게 된다.

여행 경험을 재산으로 수치화할 수 있다면, 다보스맨은 돈이 엄청나게 많은 대부호일 것이다. 돈을 경시하는 태도와 계급

전통을 발전시켜나간다는 점에서 그들은 벼락부자와 구별된다. 다보스맨과 비교하면 대다수의 여행자는 꿀벌 같은 존재일 뿐이다. 언제나 무리를 지어 행동하고, 명확한 목표를 갖고 화원에 가서 꿀을 찾는다. 그러나 다보스맨의 관심은 다른 곳에 있다. 꿀벌들이 생각하지 못하는 외진 장소를 찾아간다. 다보스맨에게 꿀은 중요하지 않다. 꽃송이가 자라나는 환경과 문화야말로 다보스맨의 진정한 목적이 된다.

보통의 여행자들이 자본주의의 전 지구화와 다보스맨이 밀접한 관계가 있다는 사실에 회의를 느끼는 동안, 역설적으로 다보스맨은 자본주의 체제로부터 가장 멀리 떨어져 있는 여행을 즐기고 있다.

그들은 모든 비현대적인 문화를 좇으며, 어디에 텔레비전이 없고 할리우드 영화가 없는지를 확인한다. 맥도널드 같은 패스트푸드점이 없고, 샤넬의 패션이 없는 곳이 다보스맨의 여행지로 결정된다. 다시 말해 돈을 벌어다주는 기획안에는 등장하지 않는 어떠한 곳이라도, 다보스맨의 개인 여행 계획에는 등장할 수 있다는 의미이다.

물론 여행의 '방식'과 '장소'는 모든 여행자에게 중요한
요소이다. 보통의 여행자는 이동 시간을 최대한 단축시킨다.
한 도시에서 다른 도시로 바쁘게 움직임으로써 중요한
관광지에서 보낼 시간을 확보한다. 하지만 다보스맨은
길 위에서 시간을 낭비한다. 그들은 자전거를 타고, 걷고, 배를
타고 노를 젓고, 기차를 타고, 열기구를 탄다. 길을 따라가면서
천천히 풍경을 느낄 수 있는 방법을 택하는 것이다. 다시 한번
말하지만 다보스맨은 꿀벌이 아니다. 들판에서 만들어진
꿀 같은 다보스맨들은 온실에서 만들어진 꿀보다 귀하고
독특하다.

다보스맨에게 '무엇을 볼 것인가'는 여행의 목적이 되지 못한다.
'무엇을 느끼는가'와 '정신적 깊이를 찾아내는 것'이야말로
다보스맨이 여행에 몰두하는 이유이다.

다보스맨은 여행중에 만난 어부, 소작인, 광부, 노점상 주인,
뜨개질하는 부인, 작은 빵집의 제빵사와 기쁘게 인연을
맺는다. 그 사람들은 도시의 변두리에서 가난하게 생활하고
있다. 가진 것은 손재주뿐이라 전통을 이으며 어렵게 생계를
이어간다. 옷차림도 남루하다. 깊은 주름 사이사이에 고난의

세월이 새겨져 있다. 다보스맨이 주도해온 자본주의의
전 지구화의 물결이 아주 먼 곳에서 일렁이는 순간이다.
다보스맨의 눈에 그 사람들은 지구상에 몇 남지 않은,
진정으로 생활의 의미를 이해하는 유일한 존재로 비쳐진다.

그 사람들의 생활은 빈곤하지만 정신은 풍요롭다. 손으로
쉴새없이 솥, 밥그릇, 바가지, 대야를 만들고, 성실하게
일한다. 쉬는 시간에는 시를 읊거나 노래를 부르고 이웃과
함께 춤을 춘다. 그 사람들은 사소하지만 존경할 만한 이들이
다. 단순해 보이지만 오히려 깊이 있는 생활을 하고 있다.
몇 세기 이전의 생활 방식을 여전히 유지하며 살아가는
사람들이 있기에, 지나친 물질만능주의와 욕망이 넘치는
현대사회에서도 지구의 어느 모퉁이에, 아주 오래된 지혜가
살아남을 수 있는 것이다. 그곳을 잠시 스쳐가는 다보스맨이
문명의 목격자가 될 것이다. 똑똑하고 우아한 그들은,
그 상황을 빠르게 이해하고 오래된 문화의 장점만을
받아들일 것이다.

다보스맨은 '고결한 야만인Noble savage'이 손으로 만든 투박한
도자기 컵을 구입했다. 이 컵은 값비싼 에스프레소 머신으로

내린 카푸치노를 마실 때 사용될 것이다. 다보스맨은 커피를 마시며 이번 여행에서 깨우친 교훈을 손님에게 이야기할 것이다. 그가 입에 머금은 커피는 아프리카 중부의 한 시골 마을에서 생산된 것이며, 원두를 포장한 봉지는 일반적인 비닐이나 알루미늄 재질이 아닌 마대 자루여서 흙냄새가 풍겨올 것이다.

"우리는 그렇게 많은 돈이 필요하지 않아요." 여행에서 막 돌아온 다보스맨이 말했다. 하지만 여기 있는 사람들 역시 방금 여행에서 돌아온 사람들이다. "마다가스카르 섬에서 원주민을 봤어요. 가난하게 생활하지만 위엄이 있는 사람들이었죠. 우리는 그동안 바쁘게 돈을 버느라고 진짜 생활을 잊지 않았던가요? 진정으로 가치가 있는 건 그들의 삶이더라고요." 다른 사람들이 고개를 끄덕이며 동의했다.

나는 장자의 물고기 문제에 대해 물었다. "당신은 잠시 머무르는 여행자에 지나지 않아요. 당신이 어떻게 원주민의 희로애락을 알 수 있죠? 아마 마다가스카르 섬 사람들은 가난을 벗어나고 싶어할지도 모르죠. 별로 현명한 발언은 아닌 듯하네요."

다보스맨과 다른 사람들의 표정을 본 순간, 나는 스스로를
궁지로 몰아넣는 문제를 제기했다는 사실을 깨달았다.
그 물음은 어떤 권위에도 도전하지 않는 것이었다. 다만,
나의 천박함을 드러내는 것이었다.

"당신 말이 맞아요." 다보스맨은 눈을 깜빡이며 상냥하게
말했다. "어렸을 때도 마다가스카르 섬에 가서 여름을 보낸
적이 몇 번 있어요. 그때 사귀었던 옛 친구들이 아직도 시골
마을에 살고 있죠. 친구들 덕분에 나도 그들의 언어를 할 수
있기는 하지만, 당연히 내가 그들을 완전히 이해했다고는
말할 수는 없어요. 괜찮다면, 당신의 생각을 더
이야기해보세요. 저는 많이 배우고 싶거든요."

모든 눈동자가 나를 향했다. 얼굴이 붉어졌다. 나는 조용히
입을 다물었다. 고개를 숙이고 뜨거운 커피를 마시다가,
혀를 데었다.

경계

한 무리의 사람들이 마카오에서 여객선을 타고 홍콩으로
돌아왔다. 그들 모두가 국제적으로 지명도가 높은
미국 증권사에서 일하고 있기 때문에, 홍콩 거류증과 홍콩
신분증을 가지고 있었다. 홍콩 세관에 도착하자 활기찬 기운이
넘친다. 미국 사람이 여권을 들고 흔든다. 출입국 심사대를
통과하는 데 1초도 걸리지 않았다. 프랑스 사람은 2초가
걸렸다. 싱가포르 사람과 타이완 사람도 세관을 무사히
통과했다. 그 사람들은 이야기꽃을 피우며 저녁식사를
준비한다. 한가로운 일요일 저녁, 사람들은 홍콩에서는 좀처럼
만나기 어려웠던 깨끗한 공기를 들이마신다. 그러다 문득,
일행 중 한 명이 자리에 없다는 사실을 발견했다.

인도 국적을 가진 동료가 세관을 통과하지 못했다.
세관 직원은 그의 여권도 살펴보았고 홍콩 신분증도 여러 번
확인했지만, 고개를 들어 인도 사람을 살피지는 않았다.
인도 사람은 출입국 심사대 앞에 무력하게 서 있다. 그는 세관
직원보다 훨씬 많은 교육을 받았다. 미국 아이비리그에서

박사 학위도 받았다. 그의 연 소득은 50만 달러로 세관 직원이
평생 꿈만 꾸고 받아보지 못할 액수다. 사람 됨됨이 또한 어떤
홍콩 사람보다도 선량하고 정직하다. 그런데 도대체 왜 이런
일이 생긴 것일까?

경계境界가 여행자의 길을 가로막았다.

우주에서 보면 지구는 하나의 완전한 파랑이다. 하지만
실제로는 그 사이사이가 무형의 눈금과 경계선으로 빈틈없이
채워져 있다. 모든 선線 뒤에는 '자연의 힘'과 '정치 권력'이
동시에 작용한다.

'자연의 힘'은 인간의 힘으로는 어찌할 수 없는 국경을 긋는다.
마치 하느님이 손수 그린 선 같다. 그 경계를 당신 마음대로
넘으려 한다면 목숨을 내어놓아야 할 수도 있다. 고대 유럽인
은 자연의 힘으로 생긴 경계를 엄격하게 지켰고, 중세시대가
끝나갈 쯤에야 지브롤터Gibraltar 해협으로 출항했고, 지중해를
떠났다. 티베트 사람들은 오늘날까지도 히말라야 산을 건너기
위해 신의 말씀을 기다린다.

현대인들은 국경을 넘기 위해 영사관에 가서 비자를 신청한다.
정치 체제 아래에 있는 사람들의 지시를 기다린다. 비자를
신청할 때면 '국가'라는 구조 아래에서 개인은 상대적으로
보잘 것 없는 존재라는 사실을 뼈저리게 느끼게 된다.

줄을 선 지 두 시간이 지나고서야 마침내 내 순서가 돌아왔다.
뉴욕에 있는 영국 영사관에서는 3초 만에 내 문제를
일단락했다. "죄송합니다. 유럽에서 아시아로 갈 때, 홍콩을
통과하시면 안 됩니다. 당신이 '타이완 사람'이기 때문입니다."
이 사건은 홍콩으로 들어가기 전에 발생했고, 그후 일은 한층
더 복잡해졌다. 하지만 근본적인 이유는 똑같았다. 내가 '어떤'
사람이기 때문에, 나는 다른 어떤 생물보다 위험하고 신용이
부족하다는 의심을 받는다. 심판을 거치지 않은 판결이
내려지지만 나에게는 변론할 권리가 없다. 무엇을 묻거나 나는
당신의 상상 속에 존재하는 악마가 아니라고 상대에게 증명할
조금의 기회조차 없다. 나는 내게 이미 정해져 있는 사실만을
알릴 수 있을 뿐이다. 만일 내가 지구가 둥글다는 사실을
몰랐다면, 그건 그냥 나만의 불행인 것이다.

누가 나의 신분을 결정한 것일까? 그렇게 다양한 국가의

수많은 사람들 중에서 누가 나로 하여금 도드라지도록 만든
것일까? 무엇이 나를 영국의 진보적 좌파 학자로 보이게
했을까? 무엇이 일본 관광객을 뉴욕 빌딩에 폭발물을 설치한
테러리스트같이 보이게 했을까?

사진이 부착된 여권만이 여행을 증명하는 서류인 것은 아니다.
당신의 피부색, 언어, 국가, 종족…… 그 모든 것이 당신의
여행 증명서에 포함된다. 그것들은 당신이 처음부터 가지고
태어난 죄罪이다.

원죄原罪는 몇 마디의 말이나 색깔을 통해서는 설명하기
어려운 것이다. 이것은 한 사람의 판단이나 사상적 성과가
아니다. 문명의 충돌, 역사적 분쟁, 경제적 차이와 정치적
이윤 등을 모두 내포한다. 개인 대 개인은 상관이 없는
문제이지만, 개인 대 국가, 국가 대 국가, 문화 대 문화는
그렇지 않다. 원죄는 단독으로 존재하지 않고 집단 형식으로
나타난다. 개별적 안건은 원죄를 논하는 범위에조차 속하지
않는다. 따라서 한 명의 인도 사람은 인도 사람에 불과한
것이다. 그럴 뿐이다.

냉전이 종식되고 정치적 바람이 대화합을 지향하는 시대에도,
원죄는 유일한 국경이 된다. 경계는 큰 강과 높은 산에도 없고
경도나 위도에도 없다. 그것은 우리의 마음속에 있다. 그것은
마지막 경계이자 가장 뛰어넘기 어려운 경계이다.

새뮤얼 헌팅턴은 그 경계境界로 인해 언젠가는 문명의 충돌이
일어날 것이라고 생각했다. 나는 가난한 사람과 부유한
사람 사이에 좁힐 수 없는 거리가 지향해야 할 것은, 생존을
좋는 것이지 이기적인 태도의 블랙홀에 빠져 있는 것이
아니라는 비판적인 생각을 갖고 있다. 인류가 하루 동안
생존할 수 있는 자원을 분배하는 문제에 놓인다면 우리는
공포를 느끼고 자기 보호를 위해 애쓸 것이며, 질투하고,
두려워하고, 분노하고, 낯선 사람을 경계警戒할 것이다.

베를린 장벽이 무너졌고, 설사 북위 38도선이 지워지고,
타이완 해협을 떠난다 해도 사람들은 다시 새로운 경계를
그려낼 방법을 갖고 있다. 자신의 생존을 돕는 친구와
위협하는 적을 구별해내고, 자신의 삶과 관계없는 생명은
경시한다. 그때 종교는 아주 유용한 핑곗거리가 된다. 언어,
민족, 피부색, 성별, 키 혹은 응원하는 팀, 공부했던 학교,

좋아하는 가수, 독서 취향, 소비 능력, 심지어 자주 먹는 사탕의
상표와 당신이 사용하는 컴퓨터 소프트웨어까지도 경계를
긋는 이유가 될 수 있다.

다행히 인생의 관계에서 만들어진 경계는 영사관에서 비자를
신청하는 것과는 달라서, 언제든 가볍게 뛰어넘을 수 있다.

유랑자

—

남자는 짙은 녹색의 긴 소파 위에 앉아 있다. 숱이 적고
부드러운 머리카락이 어깨까지 내려와 있다. 그는 중국식
겉옷을 걸치고, 복고풍의 둥근 안경을 쓰고 있다. 왼쪽에는
세 명의 젊은 외국 여자들이, 오른쪽에는 막 사회생활을
시작한 두 명의 타이완 여자들이 앉아 있다. 사회적 지위가
높아 보이는 중년 여자가 의자를 끌어와 남자의 맞은편에
앉았다. 그녀들은 그에게 잘 보이기 위해 연신 미소를 지으며,
호기심 가득한 눈빛을 보냈고, 중국 현대문학에 대한 남자의
이야기에 귀를 기울였다.

남자는 고개를 돌려 지나가는 나를 불러 세우더니 와인을
가져다 달라고 부탁했다. 와인을 건네자 그는 무겁게 한숨을
내쉬며 눈동자를 굴렸다. 나도 그 우아한 객실에 남아
이야기를 들으라는 뜻인 것 같았다. 그의 목소리는 슬픈 듯
낮게 깔렸지만, 그 안에서는 들뜬 기색이 느껴졌다. "이곳을
보세요. 나는 지난 10년 동안 많은 것들을 포기했어요. 보통
사람들은 물질을 소유하고자 애써왔지만, 그런 욕망과 나는

인연이 없었죠." 그는 눈을 내리깔고 고개를 숙여 손 안에서
쉴새없이 흔들리는 와인 잔을 바라보았다. 잔에 담긴 와인은
조명을 받아 투명하고도 붉게 반짝였다.

슬프고 고결한 태도였다. 주변 사람들은 잠깐의 침묵을
알아차리지 못했다. 곁에 있던 여자들은 눈시울을 적시느라
말을 잇지 못했고, 중년 여자는 침착하게 적당한 말을 찾고
있었다. 한번 끊긴 화제는 다시 이어지지 않았고, 조금 전의
우울함은 이내 사라져 따듯한 분위기로 바뀌었다. 얼마 지나지
않아, 중년 여자가 그의 상처를 건드리지 않으려는 듯
조심스레 질문을 던졌다. 1989년 톈안먼天安門 사건 후, 그가
어떻게 중국을 떠나 미국에 도착했는지에 대해 물은 것이다.
상대방을 흥분시키는 물음은 좋지 않지만, 다행히 그녀가
던진 우울한 화제가 청자와 화자의 눈동자를 다시 반짝이게
만들었다. 마치 사냥꾼이 오랫동안 기다려온 사냥물을 발견한
것처럼 젊은 여자들은 무섭도록 집중하기 시작했다. 곧 흥분과
두려움을 억누르며 사냥물을 향해 걸어갔다.

남자는 아주 잠깐 고민하는 듯했지만, 이미 수만 번쯤
이야기해본 듯 유창하게 이야기를 시작했다. 한번 더

이야기하는 것쯤은 전혀 개의치 않는 듯했다.

마지막으로 남자는 하버드대에서 학생들을 가르치는 지금의
생활에 상당히 만족하고 있다고 말했다. 그의 마음은 외려
한 송이 해바라기 같았다. 10년 전, 영원히 버리기로 결심했던
국가라는 태양을 향해 자꾸만 고개가 향한다는 것이다.
"나는 반드시 돌아갈 거예요. 내 생각에 때가 온 것 같아요."
그는 강조해서 말했다.

유랑자는 여행이 끝나기를 갈망하면서도, 이 여행의 끝은
기약이 없다고 생각한다. 마치 사랑을 기다리는 젊은이처럼
사랑이 천천히 다가오는 것을 조급해하거나, 심판을 기다리는
범인처럼 판결이 자기에게 불리할 것을 두려워한다. 남자는
타국 생활에서 먹는 아침식사에 마침표가 찍히기를 기대한다.
동시에 그것이 자신이 원하는 마무리가 아닐 수도 있다는
막연한 사실 때문에 두려워한다.

유랑자는 조국에 대해 보통 사람보다 격렬하고 다양한 감정을
갖고 있다. 이런 감정은 그들이 거리낌 없이 자신의 생각을
말로 뱉어낼 수 있게 하고, 그것을 구체적인 행동으로 옮길 수

있게 만든다. 그렇지만 강렬한 감정을 내보인 대가로, 관심을
갖고 있는 모든 것을 포기해야 하고, 사무치게 그리운 조국을
떠나 타지에서 생활해야 한다. 마치 아이를 뜨겁게 사랑하는
어머니가 어떤 사정 때문에 아이를 만날 수 없는 것과 같다.
아이의 성장 과정을 온전히 지켜볼 수 없는 것, 아이의
기쁨과 고통을 함께 나누지 못하는 것, 아이의 시야 밖에
숨어서 몰래 자신의 아이를 바라보는 것, 점점 아이의 소식을
알지 못해 불안해하는 것⋯⋯.

남자는 일찌감치 자신이 집단으로부터 배척당했다는 사실을
알게 되었다. 집단에서 버려지는 일은 개인의 존재 가치를
부정하는 가장 무서운 방식이다. 한 집단은 서로를 아끼고
사랑해야만 하는데 말이다. 하지만 모두가 단결해서 당신에게
대항하고, 소리를 지른다. 당신의 사상과 신앙을 받아들이지
않을 뿐만 아니라 당신이 그들을 위해 마음을 썼던 일들을
무시하고, 가장 악랄한 방법으로 당신을 버린다. 그리하여
끝내 당신이 마주하게 되는 건 지난 몇 세기 동안 서로를
미워해온 원수다. 오랜 시간 오해를 받아온 것에 대한 분노,
소외된 고독, 배신당한 모욕, 버려졌을 때의 공포⋯⋯ 그 모든
감정이 뒤섞인다. 솥에 담긴 물이 물결을 일으키며 보글보글

끓듯 당신은 끓어오른다.

유랑자는 사회 상황에 쉽게 실망하고, 누군가의 인성을 쉽게
의심하게 마련이다. 그가 아무리 단단한 이성을 가졌다 한들
그때의 파국을 피하기는 쉽지 않다. 그는 사건의 공정성이
어디에 있는지를 분석할 수 없으며, 열정과 이상을 쏟았던
사람의 퇴장은 가식적으로 행동했던 사람의 퇴장보다 훨씬 더
참혹한 것이기 때문이다.

유랑자는 그 스스로가 옳았다는 사실을 시간과 역사가
증명해주기를 기대한다. 그가 지향하거나 단호히 지켜온
가치가 현세의 역사 환경에서는 제대로 된 보답을 받을 수
있는 것이 아닐지라도, 다른 역사 환경 안에서 비교적 공평한
대우를 받을 수 있는 것일지도 모르기 때문이다.

남자는 기다리고 있다. 힘을 비축하기 위해 조용히 살아가고
있다. 그는 다행히 격동적인 역사 현장에서 함께함으로써
자신이 얻어야 할 지위를 얻을 수 있었다. 19세기의 마르크스,
레닌 같은 좌파주의자는 자신의 이데올로기를 위해 해외로
망명했다. 해외에서의 긴 시간 동안, 그들은 쉬지 않고 저술

활동을 하고 강연을 하고 행사를 계획하고 상대에 맞설 역량을
키웠다. 자신들이 반드시 무산계급 혁명을 일으킬 것이라고
굳게 믿으며 기다린 것이다. 레닌이 핀란드 정거장으로 걸어
들어간 그때, 역사의 승리가 눈앞으로 다가오고 있었다.
망명 생활 동안 받았던 좌절과 고통은 유랑자를 감싸는 빛나는
껍데기가 되었고, 그 빛은 간과할 수 없는 큰 의미를 가지고
있었다.

고통스러운 상황 속에서 받는 역사적 주목은 유랑자가 삶을
지탱해갈 수 있는 중요한 힘이 된다. 유랑자의 꿈은
마르크스의 외침과 같아서 지구상에 존재하는 속된 영광들을
사라지게 한다. 인류의 영혼 깊은 곳으로부터 나오는 정신적인
힘만이 오래도록 존재할 것이다. "나는 경멸하는 눈빛으로
이 세상을 깔볼 것이고, 창조자의 자세로 이 세계를
큰 걸음으로 뛰어넘을 것이다." 이 말이 중요하다. 유랑자가
쟁탈하려는 것은 일생의 영예가 아니고, 진리의 절대적인
승리인 것이다.

하지만 역사적 주목은 유랑자를 상상 속의 구원에 이르게도
하고, 그에게 최대의 고비가 되기도 한다.

유랑자가 온 마음을 다해 완성하고 싶은 삶의 의의는 군중을
구제하는 것이다. 강제로 조국에서 내쫓겼을 때, 그는 자기 한
사람만 살아남기 위해 고국을 떠나는 것이 아님을 믿었다.
그런데 바로 이 부분이 이상하다. 구제받아야 할 군중이란
누구인가? 군중은 하나의 개념이다. 그것은 이상주의자들의
머릿속에 존재하는 것이라 물불 가리지 않고 뜨거운 피를
뿌리게 만든다.

하지만 이상주의자는 협박당하는 모든 사람들을 광장으로
집결시켜, 이른바 '군중'이라는 것을 집권자가 직접 목도할 수
있게 만든다. 그리고 자신들이 집권자에게 미치는 영향에
대해 감동한다. 다른 사람들은 이런 특권을 갖지 못할 테지만,
이상주의자들은 운이 좋으면 군중이라는 구체적인 형체를
볼 수 있을 것이다. 종교적 지도자가 믿는 것은 하느님의
전지전능한 힘이다. 지도자는 스스로를 두고 군중에
호소하지는 않는다. 사실 '군중'이라는 존재는 쉽게
매수당하는 존재다. 집권자는 작은 당근을 던져주면서
군중이 사소한 행복에 만족하면서 살아가기를 원한다. 실제로
영국에서는 지금까지 프랑스처럼 피비린내 나는 대혁명이
발생한 적이 없다. 영국 정부가 중대한 법률에 있어서는

민중의 권익을 위해 신속하게 양보를 했기 때문이다.

군중은 쉽게 잊는다. 유랑자가 국가를 떠날 때 지도자로
존중을 받았다 할지라도, 군중은 금세 새로운 대체품, 새로운
우상, 새로운 민족의 구세주, 새로운 사회의 양심을 찾을 수
있다. 유랑자는 떠나오기 전까지 얻었던 높은 정신적 존경을
숭배하며 살아간다. 유랑자의 타국 생활은 조국과의 현실적인
관계를 쉽게 단절시키고, 유랑자 마음속에 있는 군중을 잃게
만든다. "당신은 국내 정세를 제대로 이해하지 못한다."
군중은 말한다.

유랑자가 살아가는 타국은 짙은 안개 속에 있는 역사이자 지금
두 손으로 가질 수 있는 현세의 역사 환경이 된다. 국가 간의
이데올로기 대항, 국력 경쟁, 세력 확장의 이익 상충, 국경선을
넘은 후의 진리. 그로 인해 그는 갑자기 그리고 아주 쉽게
유랑자의 위치에 서게 되었다.

유랑자가 어쩔 수 없이 고국을 떠나게 되는 이유는, 타국에
도착한 그가 오히려 신성하고 용감해 보이는 이유와도 같다.
사람들은 다른 나라에서 일어난 재난과 혁명을 과도하게

미화한다. 먼 곳에서 발생한 혁명은 자신들에게 위협을
가하지 않고, 자신들의 이익과도 무관하기 때문이다.
사람들은 사적인 마음을 내려놓고 이해관계를 계산하지
않는다. 객관적이고 감상적인 눈빛으로 감동적이고 재미있는
역사의 발자취를 찾는다. 무대 위에서 마가렛은 정이 깊고
의리 있는 성녀聖女다. 그러나 현실 속 마가렛은 제멋대로
응석을 부리는 타락한 여자로 비쳐진다. 라 트라비아타는
여전히 라 트라비아타다. 즉, 길을 잘못 든 여자다. 바뀐 것이
있다면 군중이 존재하는 공간이다. 충분한 안전거리를 확보한
군중은 자신의 처지를 잊고, 상대방의 상황에 집중하며 마음껏
동정한다.

무대 위와 무대 아래의 차이는, 생생한 인생의 유무有無이다.

어쩌면 유랑자의 진정한 고통은 경제적으로 어렵거나 뜻을
펼치기가 곤란한 것, 외로운 것, 사랑하는 군중이 배신한 것이
아니라 인간적인 요구를 빼앗겼다는 것이 아닐까? 온몸에서
사람 냄새가 사라진다. 유랑자가 정치적 이념 때문에
내쫓기던 그날, 그는 스스로와 다른 사람에 의해 역사라는
액자에 끼워졌다. 액자 안에서 그는 살아 있는 사람이기보다,

역사라는 무대의 배우가 된다. 유랑자는 추상적인 역사와
실존하지 않는 군중, 뛰어난 도덕성…… 그 모든 것에 대해
책임을 져야 한다. 그렇지 않으면, 그는 자신을 괴롭히는
고난이 어디에서 왔는지를 설명할 수 없고, 자기 존재의
의의를 증명할 수도 없다. 사람들의 눈에 비친 유랑자는
신용이 바닥까지 떨어진 실패자에 불과하다.

유랑자가 떠나온 저곳 혹은 새로 도착한 이곳은 오로지
'자신'만을 위해 살아갈 그의 권리를 박탈하고, 더이상 보통
사람으로 살아갈 수 없게 한다. 유랑자 본인 또한 스스로에게
평범한 삶을 허락하지 않는다. 그는 이상에 도달하는 자,
잠재력이 있는 역사적 인물, 정치적 귀감, 온몸을 바친
영웅만이 될 수 있을 뿐이다.

역사는 유랑자의 뒤를 캐고, 주위 사람들도 그를 쫓는다.
다른 유랑자들은 똑같은 어려움을 겪으면서도 초조한
마음으로 서로를 질투하고 감시한다. 그들은 함께 엄중한
대가를 치르면서도 역사적 고리를 빼앗아 명성을 지키고,
정당성을 가진 하나의 출구를 얻었기 때문이다. 공교롭게도
역사적 고리는 지구상에서 가장 희소한 것이다.

여름, 그 남자가 대륙에서 체포되었다는 소식을 들었다. 나는
길을 가다 그때 그 저녁 모임에서 남자 곁에 가까이 앉아 있던
한 여자를 보았다. 그녀는 흥분 상태였다. 목소리 톤이 높아
마치 즐거워하는 것처럼 들렸다. 하지만 그녀는 이내 날카로운
목소리로 말했다. "봤어요? 수전 손택Susan Sontag이
뉴욕 타임스에 그를 구명하자는 글을 썼어요." 날이 금세
어두워져 우리 머리 위에 있던 가로등에 불이 들어왔다.
그 불빛이 이내 거리를 환하게 비추었다. 소박했던 것들이
순식간에 화려하게 바뀐 순간이었다.

아내의 교통사고 이후 유랑하고 있는 수샤오캉蘇曉康은 밀란
쿤데라가 말한 것처럼 역사에서 볼록 튀어나온 딱딱한 것은
어찌할 도리가 없다는 사실을 이해했다. 이런 것이다.
"사람이 역사에 대한, 사람이 사람에 대한 어쩔 수 없음."

밀입국도 여행이다

—

밀입국을 알선하는 브로커는 말한다. "밀입국도 여행이다."

이 말의 뜻을 성립시키기 위해, 58명의 사람들은 중국
푸젠성福建省에서 기차를 타고 출발해 베이징에 도착했고,
유고슬라비아 여권을 들고 비행기에 올라 유고슬라비아에
도착했다. 그들은 헝가리, 오스트리아, 벨기에를 지나 다시
네덜란드에서 영국으로 갔다. 얼핏 들으면 여행사에서
추천하는 '27일 호화 유럽 자유 여행' 여정 같다. 출발하기
전에는 반드시 회의를 열어야 한다. 인솔자는 여행의 세부
사항에 대해 설명하고, 안전 수칙을 환기한다. 58명의
여행객은 흥분하고 긴장해서 서로 이야기를 나누다가 집으로
돌아가서도 밤새도록 가족과 상의한다. 저축했던 돈을 털어
여행비로 납부했고, 그들은 곧 출발할 것이다. 출발할 때마다
희망으로 가득하고, 여행을 떠날 때마다 낭만적이고 신기하다.

전 세계 다보스맨은 퍼스트 클래스 좌석을 점령했지만, 밀입국
고객은 이코노미 클래스 좌석에도 앉지 못한다. 그들은 밀봉된

컨테이너 상자 안으로 함께 들어가야만 밀입국을 할 수 있다.
한낮의 태양이 바다 위에 걸려 있고, 30도가 넘는 여름철
기온은 얇은 철판으로 만들어진 컨테이너 상자를 뜨겁게
달군다. 땀범벅이 되는 것, 배가 고픈 것, 대소변을 참는 것,
산소가 부족한 것, 두려운 것, 환상을 느끼는 것, 정신이
없는 것…… 상자 안으로는 한 줌의 빛조차 들지 않는다.
밀입국자들은 처음이자 마지막인 여행을 완성했다.

밀입국자의 여행은 모든 사람을 분노하게 만든다. 부자의
입장에서 밀입국은 가난뱅이가 빈곤을 벗어나려고 의도한
비열한 수법이다. 본국 정부의 입장에서 밀입국은 배신이다.
국제사회 앞에서 자국민에게 호되게 따귀를 맞은 꼴이기
때문이다. 선진국의 입장에서 밀입국은 제3세계가 빚어낸
번거로움이다. 미래 과학을 완성해나갈 엘리트의 입장에서
밀입국은 미개한 인류가 여전히 지구상에 존재한다는 사실을
환기시키는 것이다. 그토록 기상천외한 방법으로 산 넘고
바다를 건너면, 그럴듯해 보이는 생활을 할 수 있다고 믿고
있을 만큼 밀입국자들이 무지하다는 사실이 사람들을 화나게
만든다. 그들은 소가 어디로 끌려가더라도 소라는 사실은
변하지 않는다는 것을 모르는 것일까?

190

이제 세계는 지식경제와 후기 자본주의 시대에 진입했다.
오직 밀입국자들만이 사람과 땅의 관계를 염두에 두며
고전적인 경제 법칙을 따른다. 그들은 본국 밖으로 떠나가길
바라며 거기에서 빈곤을 해결할 수 있으리라 믿는다. 그러나
그들에겐 기술이 없으며, 그들은 산아제한 정책도 세상 물정도
모른다. 그저 아이처럼 무지개 기둥 밑에 황금이 묻혀 있다고
확신하며 모험을 시작한다. 그것이 반드시 충분한 보상을
가져다줄 것이라고 믿으며 말이다. 그들은 그렇게 살고
싶어한다.

밀입국자가 살아남기에 불리한 모든 생활 조건에도 불구하고,
그들은 '이곳에서는 성과를 만들어내지 못했으니, 저곳으로
옮겨갈 것이다'라는 생각을 갖고 살아간다. 저곳에서도
노골적으로 적의를 드러내놓고 있음에도 말이다. 자본주의와
공산주의의 대항에도 전혀 상관이 없는, 좌파나 우파라는
정치적 노선도 가지고 있지 않은 밀입국자들 때문에 사람들은
골머리를 앓는다. 하지만 가난의 냄새를 맡은 밀입국자는
다시 사라져가기를 원치 않는다.

세계적인 가구 매장에서 배달을 하는 노동자가 무릎을 꿇고

책꽂이를 조립하다 고개를 들어 말했다. "저는 내년에 반드시 떠날 거예요."

"떠난다고요? 어디로요?"

"남아프리카요." 열 살 때부터 중국 광둥성廣東省에서 살다가 지금은 홍콩에 거주하는 남자가 말했다. "고향으로는 돌아가지 않을 거예요. 상황이 좋지 않아요. 먹을 밥조차 없어요." 그는 홍콩에 도착한 처음 3개월 동안 일자리를 찾지 못해서 매일 라면만 먹은 이야기를 꺼냈다. 그의 아내는 중국 사람이고, 션쩐深圳에 살고 있다고 했다. 아내는 일자리를 구하지 못해서 홍콩으로 건너올 수 없었고, 부부는 두 달에 한 번씩 겨우 만나고 있다. 홍콩과 션쩐은 기차를 타면 한 시간이면 닿을 수 있는 거리에 있다. 하지만 그들은 그럴 형편조차 안 된다.

그의 가슴이 두근거렸다. 그는 고개를 저으며 말했다. "두 번 다시 배고팠던 시절을 생각하고 싶지 않아요. 돈을 모아서 꼭 남아프리카로 밀입국을 할 거예요. 2~3년 동안 일을 하면 돈을 모아 돌아올 수 있을 거예요." 그가 이야기하는 밀입국은

마치 조금 이따 아래층 커피숍에 내려가 차를 마시자고
제안하는 것처럼 자연스러워 보였다.

"홍콩 경제가 회복되고 있는 거 아니었나요?" 그는 쇠망치를
내려놓고 스물넷 먹은 몸을 바로 세웠다. 내게 남동생이
있었다면, 그와 같은 나이였을 것이다. "경제라는 말은 아주
무거운 단어여서 나는 이해할 수 없어요. 하지만 경제와
부자는 깊은 관계가 있다는 것쯤은 알아요. 가난한 사람들은
언제나, 경제가 쇠락하거나 회복되는 것과 상관없이, 입에
풀칠하고 살 수 있기만을 바랄 뿐이죠." 그가 말했다.

"밀입국은 아주 위험하잖아요. 게다가 그곳에 정착한 지
오래된 화교들이 새로 온 화교들을 괴롭히죠. 당신의 생활이
지금보다 더 좋아진다거나 즐거울 거라는 보장은 없어요."
나는 그의 누나처럼 그에게 말했다. 그는 웃으며 대답했다.
"저도 그런 생각은 다 생각해봤어요. 상관없어요. 여행이라고
생각하면 그만이에요." 그가 떠나갈 때, 눈동자에서는 빛이
반짝였다. 엘리베이터 문이 닫히는 순간, 곧 여행길에 오를
여행자는 나에게 손을 흔들며 작별 인사를 건넸다.

세계의 중심

———

"미국 사람들은 언제나 자신들이 세상의 중심이라고
생각하죠." 갓 스물을 넘긴 내가 말했다.

아시아계 미국인 교수는 나를 바라보았다. 그는 키가 아주
작았는데, 책이 잔뜩 쌓인 커다란 책상 뒤편에 앉아 있는 탓에
일부러 숨어 있는 것처럼 보였다. 그렇지만 나는 교수가
두 눈을 가느다랗게 뜨고 나를 쳐다보는 것을 분명하게
보았다. 교수는 미간을 찌푸렸고, 주름이 더 선명해졌다.
내 말을 받아들이지 않는다는 의미가 분명했다. 교수가
말했다. "중국 사람들도 그렇게 생각하지 않니?"

몇 해가 지난 후 나는 루마니아식 농담을 들었다. 두 사람이
어느 지명을 두고 열띤 토론을 했다. 갑이 눈을 크게 뜨고
말했다. "오, 그 지방은 아주 멀리 떨어져 있지." 을은 망연하게
되물었다. "아주 멀다고? 어디만큼 멀어?" 정치적
교양으로부터 나온 그 물음에 나는 웃음을 터뜨렸고,
그 농담의 의도에 공감했다. 페르낭 브로델Fernand Braudel의

농담도 떠올랐다. "영예, 재물, 생활의 행복은 모두 경제
세계의 중심으로 모인다. 그 안에서 역사의 태양이 가장
찬란한 빛을 낸다."

세계는 당연히 중심을 갖고 있다. 단 한 번도 집을 떠나지
않았던 사람에게는 고향이 중심이 된다. 연인에게 받는
사랑으로 즐거운 사람에게는 애인이 중심이 된다. 태어난 지
얼마 되지 않은 아이에게는 어머니가 중심이 된다.
민족의식이 강한 사람에게는 국가와 동포가 중심이 된다.

사사로운 감정에서 벗어날 수 있는 유일한 방법은 여행자의
세계 중심을 실질적으로 변화시키는 것이다. 페르낭 브로델이
묘사한 것처럼, 세계의 중심은 화려하고 눈부시며 풍족한
것이다. 행복에 대한 갈망, 진보에 대한 기대, 물질적
풍요로움에 대한 추구, 공허한 환상…… 모든 사람들이
갈구하는 것들이 이 중심에서 실현될 수 있다.

세계의 중심을 보기 위해 눈을 반짝이며, 즐거움 속에서
살고 싶다는 기대를 품는 것이 인류가 여행을 하는 첫번째
동기이다. 13세기 중국 원나라에 도착한 베네치아 상인

마르코 폴로, 15세기 베네치아를 살펴보기 위해 떠난 사람,
16세기 향료와 금은보화를 찾아 집을 나선 유럽의 탐험가,
18세기 인도를 정복하기로 결정한 영국 사람. 사자使者와
모험가는 선실에 여러 가지 귀중한 물건들을 실은 채,
여행자로부터 전해들은 장소를 향해 떠난다. 멀리 떨어진
곳에서 향료와 비단, 화폐와 아편을 교환해 배 안 가득 채워서
돌아올 수 있기를 기대한다.

과거에 이 세계는 완전한 하나의 세계가 아니었기 때문에,
여행자가 곧 세계의 중심이었고 여행이란 다른 세계의 중심에
이르는 것이었다. 여행자가 지나온 세계가 아직 완전한 큰
세계가 아니었기 때문이다. 여행자가 마주했던 것은 아주
많지만 작은 세계들뿐이었다. 각 세계에는 각자의 중심이
있었기 때문에, 저마다의 군중과 문명을 모으고 기르며 천천히
안정적으로 구성되었다. 세계는 도시 혹은 국가를 중심으로
동심원처럼 영향력을 확대했고, 한 지역에 자신들의 경제 ·
문화 체계를 집어넣을 수 있었다. 브로델은 거리距離를
'자신감의 중심'이라고 표현하면서, 중심에서 멀리 떨어져
있을수록, 쉽게 질병에 걸리거나 가난해지며, 계층 안에서
쉽게 희생된다고 말했다.

서방의 대모험 시대에는 이 균형이 파괴되었고, 세상에
소용돌이가 일어났다. 세계의 중심들은 경쟁의 폭풍 안으로
빨려 들어갔다. 그때부터 세계의 중심이란 한두 개의 강력한
중심을 의미하기 시작했다. 마치 18세기의 런던이나 지금의
뉴욕 같은 곳 말이다. 여행, 특히 서방 여행자의 여행은 지구촌
곳곳에 흩어져 있는 작은 세계들을 최근 2~3백 년 안쪽으로
빠르게 그러모았다. 전 세계는 마치 믹서에 들어갔다가 나온
것처럼 내용물이 한데 뒤섞였다.

현대 여행자는 점점 동화되어 커다란 하나의 세계를 마주하고
있다. 인류 역사상 처음으로 전 세계가 통합되었다. 이제
사람들이 탐색하지 않은 장소는 없으며, 다른 세계와 관계없이
존재하는 장소도 없다. 현대 세계는 여행자에게 아주
큰 세상인 동시에 아주 작은 세상이 된 것이다. 인도네시아
사람들은 그들의 조상과 달리 낯선 세계에 민감하지 않았고,
낯선 영국 사람들의 일거수일투족을 생활 속으로 쉽게
받아들였다.

고대 문명의 자손들이 말하기 두려워했던 공포는 아마도
이런 것일 거다. 세계는 결코 문화적 영향력에 따라 중심을

결정할 수 없다는 것. 한 민족이 사람들을 감동시키는
정교한 화병을 구워낼 수 있기 때문이 아니고, 한 나라에서
생산되는 수제 양탄자 디자인이 복잡하고 화려하기 때문도
아니다. 한 지역에서 전해져 내려오는 종교 철학이 훌륭하기
때문도 아니고, 한 문명이 훌륭하고 성숙한 글자 체계를
발명했기 때문도 아니다. 이런 것들은 모두 부산물에
불과하다. 에릭 홉스봄Eric Hobsbawm이 자신의 저서에서 인용한
한 미국 관료의 말처럼 '영토의 확장은 상업의 부속물'이다.
문화적 영향력도 그렇다. 톨스토이는 소설 속 등장인물의
입을 빌려, 어느 한 민족이 다른 민족의 생산력에 영향을
끼치는 이유는 다만 인구가 많은 민족이 위대하고 정교한
문명을 훨씬 더 많이 보유했기 때문이라고 지적했다.
고대 문명의 자손들 또한 그렇게 믿기를 원했다.

여행을 많이 할수록 여행자의 눈앞에는 보이지 않는 지도
한 장이 펼쳐진다. 그 위에 그려진 것은 육안으로 볼 수 있는
하천, 산, 대륙, 해양의 생김새가 아니라, 종으로 표시된
'역사'와 횡으로 나눠진 '정치 · 경제'의 지형도이다. 이것이
진정한 세계지도이다.

모든 일에는 명확한 내용과 근거가 있다. 한 나라가 부강한
이유, 한 민족이 쇠락하고 퇴락의 길을 걸어가는 이유,
한 도시가 반짝하고 나타나 갑자기 사라져버리고, 눈앞의
세계가 특정한 쪽으로 넘어가는 이유에 대해 인류 여행의
역사가 설명하고 있다. 세계의 중심은 여행자와 여행의 방향을
정했고, 여행자는 세계 중심의 방위를 결정했다.

브로델의 이 말과 일맥상통할 것이다. "그것은 견고한
역사이다. 우리가 그것을 발견하지는 않았지만, 그것을
강조할 수는 있다." 후배 여행자는 선배 여행자의 발자취가
그려낸 세계를 마주하곤 말이 없다.

뭄바이의 고급 주택가에 사는 한 고급 관료가 파티를 벌였다.
청량한 바람도 인도의 농염한 공기를 밀어내지 못하는
밤이었다. 예쁘장하고 살집이 있는 인도 귀부인이 내게 불평을
늘어놓았다. 서양 사람들이 대부분 동양 사람을 이해하지
못하고, 동양 문화에 관심조차 없다고 말이다. "인도의
수도마저 헷갈려 하다니 말이에요." 그녀는 경멸하는 어조로
말했다. "그 사람들은 정말 무식이 극에 달했어요. 우리 아시아
사람들처럼 지식욕이 강하지 않아요. 우리는 외국 신문을

읽고, 다른 나라의 텔레비전 프로그램을 시청하고, 서양이
무엇을 하고 무슨 생각을 하는지 알고 싶어하고, 마음을 열고
그들을 배우려 하죠. 하지만 그들은 어떤가요? 노골적인
표현이지만 용서하세요. 그들은, 정말 시골 촌뜨기 같잖아요!"

최대한 격식을 차린 험담에, 나는 미소를 지어 보였다.

찬란했던 역사를 자랑하는 인도의 궁전을 구경했을 때 보았던,
불룩 튀어나온 워터마크가 기억 속에서 떠올랐다. 붉은
벽돌로 높게 쌓은 담은 웅장했고, 담장 안으로 스며든 햇살이
창문, 기둥을 통과하며 여행자의 머리 위에 화려하고 정교한
그림을 그려냈다. 대리석의 차가움 속에서도 보석들은
눈부시게 빛났다. 나는 마치 인도의 왕이 몸을 축 늘이고
옥좌에 앉아 있는 장면을 본 듯했다. 옥좌는 진귀한 보석들로
가득 차 화려하게 빛났고, 그 위에는 화려한 수공예 직물이
덮여 있다. 왕은 발을 깨끗하게 씻고, 1백 명의 장인이 20년에
걸쳐 만든 거대한 양탄자를 여유롭게 밟고 있다. 온몸에서
향기가 나고 보석으로 치장한 왕후와 후궁들이 온순하게
그 위에 누워 있다. 그녀들은 저마다의 방식으로 아름다움과
우아한 분위기를 발산한다. 노예와 대신들은 왕의 명령을

기다리며 조각상처럼 조금의 미동도 없이 줄을 서 있다.

하지만 이 순간, 왕은 아무것도 하고 싶지 않다. 영원하고 절대적인 부와 권력이 자신을 둘러싸고 있는 기분을 조용히 즐기고 싶을 뿐이었다. 왕은 편안하게 눈을 감았고, 언제라도 잠이 들 수 있는 준비를 했다. 그는 어디에도 가지 않을 것이다. 지금 여기에서 모든 것이 흡족하기 때문이다. 그는 어디로도 갈 필요가 없다. 세상과 자연이 그를 찾아올 것이다.

그는 세계의 중심이다.

오래된 신문

———

여행을 마치고 집으로 돌아오니, 날짜가 지난 신문들이
우편함에 가득 쌓여 있다. 신문은 당신이 여행을 떠났던 동안
놓쳐버린 일들을 자세히 기록해놓았다.

여행을 마치고 돌아와 오래된 신문을 집중해서 읽을 때만큼
사회와 일상의 사소한 움직임을 깨닫게 되는 경우는 거의 없다.
오래된 신문을 읽을 때에야 세상에서 만들어지는 뉴스의
대부분이 실제로는 가치가 없는 소식이며, 자신이 속해 있는
세계만이 끊임없이 반복되는 세계라는 사실을 깨닫는다.
표제가 바뀌지만 전달되는 소식은 늘 별다를 바 없으며,
이야기 방식도 변하지 않는다. 능청스럽게 악기만 다른 것으로
바꾼 후, 매번 같은 곡을 연주해온 것이다.

시작은 이런 식이다. 남녀가 만나 2주 동안 같은 카페에
방문했기 때문에 두 사람이 연인 사이일 것이라는 근거 없는
소문이 기사화된다. 두 사람은 공식적으로 이 사실을
부정하지만, 얼마 후 손을 맞잡고 한 연회에 등장한다.

언론은 이를 또다시 기사화한다. 이후 그중 한 명이 옷가게
입구에서 포착되었고, 그는 의미를 알 수 없는 미소를 지어
보인다. 다른 한 명은 방송국에서 프로그램 녹화를 기다리며
소문에 관한 입장을 발표했다. 이번엔 제3자가 두 사람이
서로 깊이 사랑하는 사이라고 증언하는 바람에 두 사람은
소문에서 벗어날 방법이 없어졌다. 그들은 다시 대중 앞에
나타나 열애설을 부정했지만, 이내 '조심하지 않고' 일본
레스토랑에 함께 들어가는 모습이 또 포착되었다. 언론은
두 사람이 연인 관계가 맞고 동거까지 하는 사이라고
보도하면서 당사자와 친하지 않은 동료 연예인에게 그들에
대한 의견을 인터뷰한다.

이와 비슷한 장면을 어디선가 본 듯하다. 한 정부 관료는
언론이 향후 10년의 국가 발전과 정책을 결정짓는다고
말했다.

정부와 반대 의견을 지닌 야당 대표가 정부를 향해 강렬한
비난을 쏟아냈다. 하루가 지난 후, 정부 관료가 자신의 의견을
밝혔다. 여당의 주석이 관료의 말을 지지했다. 야당 대표는
그 말에서 새로운 허점을 찾아내어 다시 여당 지도부를

공격했다. 정부 관료는 또 한번 새로운 말을 덧붙여
발표하고는, 한 초등학교 졸업식에 참가했다. 언론은 여당과
아무 상관없는 또다른 정치적 인물을 인터뷰했고, 그가
양비론을 펼쳤다. 이번에는 사건과는 상관없이 스스로를
똑똑하다고 여기는 사람들이 등장해서는 목청을 높이기
시작했다.

일련의 추측, 부정, 오류 수정, 다시 추측, 부정하고 또 오류를
수정하는 소란스러운 과정에서 시간은 간다. 세계는
움직이고, 인류는 진화한다. 그러나 늘 그랬듯 우리가 진짜
알고 싶어하는 사건의 진상은 신문이나 방송에 나오지 않는다.
신문이 고생스럽게 추측과 부정, 수정 사이에서 돌며 순환하는
것이 과연, 진실의 자취를 찾으려는 이유가 맞기는 할까?

아마도 진실은 여행을 갔을 것이다.

신문의 헤드라인은 사람의 얼굴과 같아서 짧은 시간 안에
모아놓고 연구할 수 없다. 혹 특징이 없고 평범한 얼굴이라
할지라도 다른 존재들을 제거하고 단독으로 출현하면,
개인의 특수한 빛을 발산하고, 신비로움을 드러낼 수 있다.

그렇지만 정해진 시간 동안 수백 만 개의 얼굴을 차례대로
빠르게 본다면, 결국 그 얼굴들은 다 똑같아 보일 것이다. 그때
인류는 하느님의 공장에서 찍어낸 자동차 같은 존재가 된다.
단, 차이점이 있다면 번호가 다를 뿐이라고 밀란 쿤데라가
말하지 않았던가.

명품관과 대량생산된 물건을 파는 상점의 가장 큰 차이점은
뭘까? 바로 명품관에서는 두 상품 사이의 거리를 가깝게 붙여
진열하지 않는다는 것이다. 상품 간 거리를 멀리 띄워 공간을
낭비함으로써 상품의 가치가 높아 보이게 하는 것이다.
상품을 빈틈없이 진열하는 것은 개별 상품의 주체성을 없애는
가장 빠르고, 편리하고, 효과적인 방식이다.

오래된 신문은 뉴스의 값을 떨어뜨리는 할인 행사 같다.
여행자는 수북이 쌓인 신문 더미를 보며 과잉 생산된
공업품이라고 생각한다. 과도한 개발, 경쟁, 착취로 인해
신문은 기계에서 뽑아낸 만두피처럼 아주 얇아진다. 너무 얇고
투명해서 기름에 튀겨져 나왔을 땐 훨씬 바삭하고 입안에서
맛있게 녹아 사라질 테지만, 당신은 두 시간도 안 되어 금방
허기를 느끼게 될 것이다. 우리의 감각은 더 푸짐한, 더 맛있는

만두피를 요구한다. 한입 또 한입, 멈출 수가 없다.

영양이 부족한 식품을 오랜 시간 먹고 자라난 여행자의 몸은
갈수록 연약해진다. 사실 여행자는 자신의 몸이 언제까지
적절한 시기를 기다렸다가 어떻게 항의해올지 알지 못한다.
여행에서 돌아오는 그날까지도 여행자는 인내심을 갖고
날짜가 지난 신문 더미를 들추며 오늘의 흔적을 찾고
싶어한다. 더미 안에서 끝내 자기가 찾고 싶어하던 것들을
찾아낼 수는 있지만, 눈앞에 만찬을 두고도 한입도 먹을 수
없다는 사실을 발견하게 된다. 과도하게 허약해진 여행자의
몸은 영양이 풍부한 호화 요리를 받아들이지 못하기
때문이다.

시공간을 초월한 연결

———

길 위에서 오랫동안 있었다. 새벽에 잠에서 몽롱하게
깨어났을 때, 내가 인도 캘커타에 와 있다고 생각했다. 정신을
차리고 보니 이곳이 싱가포르 센토사라는 사실이 떠올랐다.
그저께 열 시간 동안 비행기를 타고 방글라데시와 말라카
해협을 지나왔다. 노선은 있지만 흔적은 없는 길.

호텔 문을 나서니 푸른 잔디밭 위에서 공작새가 천천히
거닐고, 노숙한 얼굴을 한 말레이 원숭이가 장난을 친다.
시멘트로 덮은 깨끗하고 소박한 길이 야자나무 숲에서
해변으로 연결되어 있다. 해변의 모래는 부드럽고 깨끗하다.
맑은 하늘 아래, 사람들은 한가로이 바닷가를 거닐며 키스를
주고받는다. 지금 여기는 사랑으로 충만하다.

캘커타에서 본 더럽고 초라한, 가난한 사람들은 어디로
갔을까? 어제 아침 호텔을 떠날 때, 한 인도 여자가 아이를
안고서 내가 타려는 택시를 가로막았다. 여자가 걸친 사리는
오랫동안 빨지 않았는지 깊게 진 주름이 움직이지 않았다.

여자의 얼굴에 진 주름 때문에 말레이 원숭이같이 보였지만,
눈가의 가느다란 주름 사이로 얼핏 여자의 나이가 보였다.
여자는 스물다섯 살을 넘지 않았을 것이다. 가쁜 숨을
몰아쉬는 아이에게선 악취가 풍겼다. 그 아이는 꼭 아이가
아니라 한 덩이 누더기처럼 보였다. 지친 아이는 몸을 잔뜩
웅크린 채 여자의 품에 안겨 있었다. 아이의 엄마가 손을 뻗어
구걸을 했다. 나는 남은 거스름돈을 모두 그 여자에게 주었다.
다른 거지들이 이 장면을 목격하기 전에 얼른 택시에 올라타
문을 닫아버렸다.

문을 닫는 순간, 나는 완전히 새로운 시공간으로 들어왔다.
새로운 시공간 안에는 악취를 풍기는 하수구가 없고, 가시지
않는 오줌 냄새와 체취가 없고, 굶주린 아이도 없고, 걷기
힘든 울퉁불퉁한 길도 없고, 시끄럽게 경적을 울리는 자동차
소음도 없다. 시야를 가리지 않는 맑은 공기 덕에, 당신은
이쪽 해변에서 맞은편에 위치한 싱가포르를 볼 수 있다.
심지어 항구에 정박한 선박의 수도 헤아릴 수 있다. 태양은
돛대에 반사되어 빛나고, 대낮에 만들어진 이 반짝임은 밤의
섬광처럼 찬란하기만 하다.

센토사의 해안은 비현실적으로 아름답고, 캘커타의 길은
너무 비참해서 설득력을 잃는다.

타임머신이 등장하는 환상소설이 제기하는 한 가지 의문점은,
인류의 사고로 설계한 물체가 과연 다른 시공간을 드나드는 데
적합한가 하는 것이다. 끊임없이 두 개의 다른 시공간을
오간다면 혼란스럽지 않을까? 진짜와 가짜를 분별하는
능력을 잃게 되지는 않을까?

다른 시공간에서 넘어온 사람은 원래의 시공간에 남아 있는
사람들에게 크게 소리친다. "너희들은 진짜가 아니야.
너희들은 진짜가 아니라고! 내 머릿속 환상에서 나온 존재에
불과해!" 사람들은 그에게 정체를 알 수 없는 약물을
주사하고, 쓰러지기 직전 그는 다른 공간에 두고 온 애인을
떠올리며 슬퍼한다. 그때 그곳에 애인은 존재하지 않는다.
다른 시공간에 있는 사람들의 입장에서 보면, 그녀는 그의
머릿속에만 존재할 뿐이다.

그는 어떤가? 시공간을 해명하려는 의지를 제외하면,
스스로가 존재하고 있는 시공간에 대해 어떤 반응을 보일 수

있을까? 육체가 있는 시공간과 영혼이 있는 시공간은 영원히
일치할 수 있을까? 어느 것이 '진짜'인가? '내'가 믿고
싶어하는 '진짜'? 현장에 있다고 해서 그것이 진실이라
할 수 있을까?

다양한 시공간이 동시에 존재할 수 있는 가능성을 믿는
일보다, 특정한 시공간을 믿음으로써 몸과 마음을 편하게 하는
일이 영혼의 여행자에게 더 어려운 일이다. 여행자는 스스로를
믿고, 사람들 사이로 파고들어 가치, 문화, 전통, 도덕, 사상과
생활 방식 등 시공간이 만들어낸 모든 것을 믿을 수 있어야
한다.

시공간을 바꾸는 일은 사실 영혼에게는 잔혹한 움직임이다.
여행자는 여행을 떠날 때마다 자신이 존재하고 있던 오래된
시공간을 잃어버린다. 좋아하는 것, 습관적인 것, 존경하는
모든 것들은 조각나 형태를 알아볼 수 없게 된다. 새로운
시공간 속에서는 새로운 진리가 구성되어 그것들을 대체하고,
마치 몇 세기 동안 그 자리를 지켜온 것처럼 자연스럽게
존재한다. 그러나 여행자가 다시 이동하는 순간, 그것들 역시
아주 조용히 여행자의 눈앞에서 붕괴된다.

눈앞에서 건축물이 지어지고, 사라진다. 한 도시는
붕괴되었고, 다른 도시는 아직 시작되지 않았다. 영원히
존재하는 독재자도 없고, 영원히 위대한 철학자도 없다.

당신은 세상에 존재하는 모든 진리가 흔들릴 수 있다고
믿는다. 당신이 지켜봐온 사상들은 발전하여 하나의 완전한
체계를 이루었고, 서로 대립했다. 그것들은 모두 격앙되어
있으며, 열정적이고 순수하다. 또 수시로 자기 사상의
정당성을 지키기 위해 희생할 준비를 하고 있다. 화약 냄새가
짙게 풍기는 전쟁터에서 여행자는 도대체 어느 편에 서야
하는지를 고민한다.

결정은 쉽지 않다. 모든 사상이 저마다의 현장성을 갖기
때문이다. 하지만 누가 더 진실한가? 누구의 고통이
더 절박한가? 누구의 즐거움이 더 허망한가? 누구의 냉정함이
더 끔찍한가? 누구의 열정이 더 남을 원망하게 만드는가?

서로 다른 시공간의 존재를 바라보는 것은 대단한 일이
아니다. 더 중요한 것은 이런 경험을 통해 '무엇을 할
것인가'이다. 그 안에서 인생의 순수함과 시적詩的인 아름다움,

사상의 정화를 '어떻게 이끌어낼 것인가' 하는 것이다.

마지막까지 남은 질문 하나는 '어떤 시공간의 신념을
기준으로 자기가 보고 들은 모든 것을 받아들일 것인가?' 하는
문제이다.

고개를 들어보니 하늘은 깨끗한 회색빛이다. 발걸음을
재촉할 때면 먼지가 일고, 온 세상은 색을 잃는다. 주어진
길은 단조롭고 흐릿해서 육안으로는 눈앞의 풍경을 분간할
수 없다. 여행자는 그것이 이상하지 않다.

옳고 그름의 흑백이 분명한, 진리가 투명한, 신앙이 견고한,
순수의 시대는 인류가 처음 여행을 배우기 시작했을 때부터
이미 막을 내렸다.

낯선 환경에서의 여행

—

그녀는 싱가포르의 공항에 앉아 울고 있었다. 마닐라로
향하는 비행기는 곧 이륙할 것이다. 그녀의 파란 눈동자는
지나가는 중국 사람, 말레이 사람, 인도 사람, 일본 사람,
태국 사람을 빠르게 쫓았다. 그녀는 스스로를 전쟁으로 함락된
도시에 앉아 고독하고 무기력하게 구조를 기다리는 사람
같다고 생각했다.

"이곳의 모든 것들이 너무 이국적이야. 나는 유럽 사람이고
그곳의 공기, 먹을거리, 말, 문학과 사상에 너무나 익숙해……."
그녀는 두려움이 가득찬 눈빛으로 사방을 둘러보았고, 어깨를
잔뜩 움츠린 채 떨고 있었다. "저기 보이는 저것들은 또 뭐죠?
난 이해할 수 없어요." 하지만 그녀의 여정은 아직 끝나지
않았기에 지금 당장 돌아갈 수도 없는 상황이었다. 그 사실이
그녀를 더욱 고통스럽게 만들었다.

모든 사람들이 여행을 좋아하는 것은 아니다. 비록 멀리 떨어진
곳에서 받게 되는 자극이 사람을 어떤 개념에 다가가게 만드는

것이라 하더라도, 낯선 환경에서 마주하는 알 수 없는 것들과 특수함은 여행자가 생물학적으로 적용하지 못하고, 공포를 느끼게 한다. 그래서일까. 여행을 하되 진정한 여행이 필요하지 않게 만드는, 낯선 환경 속으로 들어가되 그것을 전면적으로 받아들일 필요가 없게 만드는 것이 요즘 여행 산업의 큰 흐름이다. 즉, 낯선 환경의 진짜 냄새를 제거하는 것이다.

여행 가이드북에는 많은 도움말이 있다. 예를 들면, 여행하기에 '적절한' 계절이나 '짓궂은' 낯선 환경과 기후에 대한 이야기. "11월부터 3월까지는 건조하고 따뜻한 편이기 때문에, 이곳을 여행하기 가장 좋은 시기이다. 그 뒤에는 3개월 동안 우기가 이어지고, 우기 후에 다가오는 여름은 아주 무덥기 때문에 쉽게 병에 걸릴 수 있으므로 주의하자." 이런 여행 가이드북에는 반드시 먹어야 하고, 반드시 먹지 말아야 할 현지 식품들이 아주 다양하게 나열되어 있으며, 식품 정보 또한 아주 자세하게 실려 있다. 위협적인 요소를 제거함으로써 여행자가 현지 풍경에 빠져들 수 있도록 돕는다.

호텔은 여행자와 낯선 환경의 전면적인 접촉을 막고, 여행자를 잠시 격리시키는 또다른 기제이다. 호텔은 여행자가 매일

적진을 향해 돌격해 온몸이 엉망진창이 되어서야 돌아올 수 있는 보루와 같은 공간이다. 여행자는 규격화되어 있는 호텔로 돌아와 익숙한 생활 설비를 사용한다. 호텔에서는 다른 환경의 거주 조건에 적응할 필요가 없다. 하지만 동시에 여행자는 그 호텔에서 다른 환경의 거주 풍토가 느껴지지 않으면, 뭔가 부족하다고 느낀다. 그래서 건축가는 건축물 외관 설계를 정교하게 배치하거나 현지의 오래된 집을 개조하고, 현지에서 사용하는 생활 용기들로 실내를 장식하거나 현지의 민속예술 작품을 벽에 걸어둔다. 물론 에어컨, 세련된 스타일의 욕조, 스프링 침대, 전화, 냉장고, CNN 뉴스가 흘러나오는 텔레비전을 설치할 공간들은 남겨둘 것이다. 그것들은 호텔 안과 밖, 두 세계를 나누는 지표이기 때문이다.

여행 산업은 자연의 엄청난 경관들은 남겨놓되, 여행자가 조건부로 그 환경에 놓일 수 있게 함으로써 성장해왔다. 하지만 여행자들이 더럽게 여기는 것들을 제거하고, 그들과 견해가 다른 것들을 완전히 배제함으로써, 여행자가 전 세계를 자기 집 거실처럼 드나들 수 있게 만들었다.

야생 동물원과 휴양 섬은 여행 산업이 얻은 가장 큰 성과이다.

얼핏 보기에 야생 동물원은 여전히 아프리카 대륙의 원시적인 면모를 유지하고, 동물들도 저마다의 생활 방식을 유지하는 것처럼 보인다. 사자는 영양을 사냥하기를 좋아하고, 기린은 매일 나무 꼭대기의 부드러운 잎사귀를 뜯어 먹으며, 하마는 흙탕물 속에서 숨을 내뿜는다. 하지만 인간이 만든 아스팔트 도로는 잘린 케이크에 선명하게 남은 칼자국처럼 가늘고 견고하게 대륙을 갈라놓았다. 동물들 또한 세계를 반반씩 나누어 이해하는 데 익숙해졌다. 필요한 곳에는 철조망을 설치해두기도 했다. 그러나 인간들은 총을 가지고 철조망 안의 세계로 들어간다. 유감스럽지만 인간들은 야생의 먹이사슬 놀이에 참가하지 않는다. 인간들은 동물의 세계를 '둘러보러' 온 조용한 관중이다. 그들은 내일이면 떠나갈 것이다. 그들은 동물들의 저녁 먹잇감이 아니다. 동물과 인간 사이에는 미래가 없다.

휴양 섬은 낯선 환경을 신기한 장소로 개조하는 것에 성공했고, 깨끗한 여행 환경을 내세운다. 눈으로 직접 원시 식물을 보고, 신선한 바닷바람을 들이쉬며, 태양은 떠오르지도 지지도 않은 채 수평선 위에 걸려 있고, 온 하늘이 붉게 물들어 있다. 해변은 설탕 가루를 뿌려놓은 듯 달콤하고 부드럽다.

죽어가는 생선이나 마른 나뭇가지 하나 없지만, 사실 그것들은
지금도 어디선가 썩어가고 있다. 당신이 걷고 있는 해변이
이렇게나 깨끗한 이유는 청소부들이 매일 아침 빗자루를 들고
깨끗이 청소하기 때문이다.

산책을 방해하는 '것들' ─동물 혹은 식물─ 이 이미 제거되고
없다는 사실을 당신은 이미 가이드북을 통해 알고 있기 때문에
마음을 놓고 맨발로 섬 깊숙한 곳곳을 걸어 다닌다. 섬에는
관상용 대형 도마뱀 한두 마리만 남아 있는데, 이 또한 기념사
진을 찍을 수 있도록 제공된 것에 불과하다.

이곳은 열대 섬인 동시에 열대 섬이 아니다. 진짜 열대 섬은
당신에게 천국을 맛볼 수 있게 해주는 대신 심신의 대가를
치르게 한다. 당신은 피부 알레르기나 구토, 설사, 탈수로 인한
쇼크 증세를 겪을 것이다.

사람의 힘으로 세심하게 만들어낸 열대 섬은 그런 부작용을
일으키지 않는다. 더운 게 싫다면 숙소 안으로 숨어들어
에어컨 온도를 23도로 내려 방을 시원하게 하면 된다.
룸서비스로 신선하고 차가운 오렌지 주스 한 잔을 방으로

217

가져다달라고 주문할 수도 있다. 밖에서 야자수를 흔드는
할머니가 보인다. 일단 야자수가 시들기 시작하면 인부들은
새로운 야자수를 심어 야자수 군락의 아름다움을 오래도록
유지한다. 나무 아래로 풀이 무성하게 자랄 것이지만 그것들은
영원히 당신의 복숭아 뼈 높이 위로는 자라나지 못할 것이다.
풀들은 뜨거운 해변 위를 거닐던 당신의 발아래에 비단
양탄자처럼 깔려 있을 것이다.

열대 휴양지에 있는 그녀는 마침내 평정을 느꼈다. 우리의
몸은 필리핀에 머물고 있으면서도, 마음은 필리핀을 떠나
있다. 한 여행지에서 서로 다른 두 가지 현실이 존재한다.
우리는 조금 전 국제선 비행기에서 내려 개인 소형 비행기로
갈아타고 보라카이의 한 휴양지에 도착했다. 우리를 태운
차량은 마닐라를 지나왔고, 더럽고 가난한 그 도시의 풍경이
그녀를 초조하게 만들었다. 지금 푸른 바다가 태양 아래에서
빛나고 있다. 어찌나 투명한지 산호초도 뚜렷하게 들여다볼 수
있다. 그녀는 헤엄을 치며 지나가는 열대어의 수를 세어보았다.
그러고는 갓 구워진 크루아상을 손에 쥐고, 커피를 마시다가
고개를 돌려 나에게 말했다. "여행은 참 좋은 거 같아.
그렇지 않니?"

어떻게 훈제연어 없이 여행할 수 있을까?

———

사람들은 여행자가 집을 떠난 후에도 연락을 끊지 못한다.
아니, 사람들은 여행자가 새로운 도시에 도착할 때마다 엽서를
쓰거나 전화를 걸어오는 것을 바라지 않는다. 사람들은
여행자의 소식을 원하지 않는다. 그들이 원하는 것은 떠나간
여행자가 그들의 세계가 움직이는 소리를 끊임없이 듣는
것이다. 그 소리에 귀를 기울여보면, 웅장한 제국의 군대가
큰 보폭으로 걷고 있는 소리 같다.

세계적인 상업 방송국의 광고가 한 질문을 던짐으로써,
여행자들에게 자신들의 채널이 설치된 호텔에 머물 것을
당부했다. "앞으로 몇 초 동안 어떠한 상업적 뉴스도 보지 않게
될 것이다." 그런 다음 5초간 스크린이 어두워지고 아무런
소리도 나지 않는다. 마침내 검은색 바탕에 흰색 자막이 빛을
내며 나타난다. "아직도 참고 있습니까?"

새로운 여행 시대, 공항 모퉁이마다 병정처럼 줄을 서 있는
컴퓨터를 찾아볼 수 있다. 거기에서 공짜로 이메일을 확인할

219

수 있다. 휴대전화를 열면 인도에 있는 사람이 런던에서 건
국제전화를 받을 수도 있다. 갈수록 가벼워지고 화면이 커지고
있는 휴대전화로는 뉴스나 여행 정보를 찾아볼 수 있고, 해당
도시의 지도를 띄워 이국의 택시기사에게 당신의 목적지와
경로를 보여줄 수도 있다.

호텔은 당신이 즐겨보던 텔레비전 프로그램을 볼 수 있게
해주고, 품이 넉넉한 목욕 가운을 제공하여 편안하게 옷을
갈아입게 하며, 깨끗하게 정리된 침대에 비스듬히 누워 향긋한
비누 향을 맡으며 인터넷을 할 수 있게 한다. 여행자는 멀리
떨어진 곳에서 처리하지 못했던 각종 생활 요금을 지불하고,
바삐 여행길에 오르느라 연락하지 못했던 친구들에게 연락을
한다. 그때 전화벨이 울리고 누군가 당신을 찾는다. 그는
당신이 이용한 여행사의 기록이나 당신이 보낸 이메일, 당신이
사용하는 통신사 등의 경로를 통해 전화번호를 알아냈을
것이다. 날아다니는 파리를 젓가락으로 잡은 것처럼 신기하고
정확하게 이 넓은 세상 속에서 당신의 위치를 집어냈을 것이다.

정보혁명은 가상 세계를 만들어냈다. 새로운 가상 세계에서는
과학기술을 통해 서로를 배척하는 서로 다른 시공간을 들을

수 있게 했고, 서로 도와 나아가며 속도를 조절하고 공존하는 하나의 시공간을 만들 수 있게 했다. 가상의 시공간에서 여행자의 감각은 훨씬 자유롭고 속도가 빠르다. 그 감각에는 경계가 없으며 닿지 못할 곳이 없다. 여행자는 떠났지만 정말 떠나지는 않았다. 출발했지만 여전히 여행자 스스로가 잠깐 내려두었던 등 뒤의 시공간에 머무르고 있다. 가상 세계는 여행자가 이동하는 방식을 따른다. 영원히 끝나지 않을 것 같은 꿈이 아닌 '그림자'처럼 여행자의 몸에 붙어 따라다니는 것이다. 가상 세계는 여래불如來佛의 두껍고 큰 손바닥처럼 견고하게 여행자를 손 안에 쥐고 있다.

처음에 사람들은 그 가상 세계에 쉽게 도취되었다. 여행자는 집을 떠나 여행을 하고 있는 스스로가 보이지 않는 곳에 숨어 관찰자 역할을 하고 있다고 생각하고, 그로부터 묘한 쾌감을 얻었다. 여행자는 새로운 세계의 아름다움을 지켜보다가도 고개만 돌리면 자신이 살던 세계를 원격조종할 수도 있다. 전화나 팩스, 인터넷을 통해 여행자는 두 세계의 정수만을 받아들이고, 수시로 드나들며 떠나고 도착하고 오고간다. 프랑스어를 하다가 일본어도 할 수 있는 여행자처럼 두 언어를 번갈아 사용한다. 좋아하는 주제에 대한 공론을 듣다가도

자신이 반대하는 논조가 등장하면 갑자기 소통 채널을
닫아버린다. 고개를 저으며 상대방의 요구 사항을 밀어낸다.
여행자가 알아듣지 못했거나 알아듣기 싫은 사실이 있었기
때문이다. 어쨌든 여행자가 나쁜 의도가 없었다는 듯 정중하게
사과를 하고 거절의 태도를 내보이면, 거절당한 상대방도
어찌할 도리가 없게 된다.

여행자는 우쭐하지만 곧 '어떻게 훈제연어를 가지고 여행할
수 있는지'뿐만 아니라 '어떻게 팩스와 같은 첨단 제품을
사용하지 않을 수 있는지'를 배워야만 했다.
높은 위치에 있는 한 어르신도 나를 향해 원망을 토로했다.
그가 발리 섬에 있다 하더라도, 부하들이 팩스를 보내 중요한
문서를 그의 숙소까지 따라오게 만들었기 때문이었다. 그는
어쩔 수 없다는 듯, 다음 여행에는 이 일이 따라오지 않게
없애는 것이 중요한 임무라며 웃으며 말했다.

나는 '없애는 문제'는 걱정하지 않는다. 사실 없애는 것은 아주
쉬운 일이기 때문이다. 지금까지 세상은 한 생명의 존재에
별 신경을 쓰지 않았다. 관건은 당신이 그동안 '사라지고
싶었는지'가 아니라 '사라질 수 있었는지'이다.

여행은 사라지는 방식과 사라지는 기능을 제공한다.
현대사회는 이 사실을 지나치게 강조하여 여행자는 자동으로
사라지기를 원치 않고, 또 사라질 수 없다는 것을 보여준다.

우리에게는 이런 걱정이 있고, 이것들은 대부분 정확하게
들어맞는다. 그 걱정들은 세상 누구도 대신 해줄 수 없다.
우리는 우리가 떠나기만 하면, 새로운 누군가가 우리의 자리를
대신하고 중요한 일을 맡게 될 것을 알고 있다. 하지만
중요했던 한 사람이 사라진 후, 회복하기까지 필요한 시간이
너무 짧다는 사실은 받아들이기 힘들다.

팩스, 휴대전화, 인터넷이 발명되었을 때, 집을 떠나서도
떠나온 사회에 대한 야심과 꿈을 품고 있던 여행자들은
기뻐했다. 그들은 떠날 수 있고, 동시에 어느 곳에나 다 존재할
수 있게 되었다. 여행자들은 타인의 도시에서 거주하면서
고향에서 일어난 모든 일들을 알 수 있다. 그들은 5만
킬로미터를 비행하고도 다음날 새벽, 회사에서 열리는 중요한
회의에 참여할 수 있다. 여행자는 전화 스피커를 통해
동료에게 의견을 낸다. 그의 논점이 이렇게나 명확했던 적도
없었다. 분석은 타당했고, 어조는 단호했다. 그와 동료 사이의

223

거리는 보이지 않게 그의 발언에 위엄을 더했다.

여행자의 몸은 다른 세계에 있지만 정신은 가상 세계에 머물고
있다. 가상 세계에서 그들은 떠나오기 전과 마찬가지로 정책을
결정하기 위해 논쟁을 벌이고, 권력을 행사하기 위해 끊임없이
쟁탈전을 벌이고 서로를 길들인다. 이 세계에서 거리는
사라지고, 여행자는 떠나오기 전의 제자리에 머무르게 된다.

과학기술은 여행자가 큰 힘을 들이지 않고도 잠깐 동안 '이전
세계'를 떠날 수 있도록 돕는다. '이전 세계'는 같은 경로를
통해 아주 먼 곳에 있는 여행자를 통제한다. 여행자는 어디를
가든지 '이전 세계'에서 발견된다. 똑같은 세상사, 똑같은
인지상정, 똑같은 법칙들과 똑같은 네트워크가 멀리 떨어진
곳에 있는 여행자를 안정적으로 둘러싸고 있다. 여행자는
도망칠 곳이 없다.

이전 세계의 시공간으로부터 열 시간 이상 비행기를 타고
날아든 새로운 세계에서 기량을 선보일 기회를 찾지 못하면,
여행자는 노력하게 된다. 여행자의 감각은 빈자리를 만들 수는
없지만, 낯선 환경의 자극은 받아들일 수 있기 때문이다.

이름을 알 수 없는 식물들이 군대처럼 도시 전체를 장악하고
신선한 과실을 맺는 것. 적국이 우호적인 뜻을 보내려
하였음에도 군왕의 타락과 사치를 숨기기 위해 적국의 군대를
끌어들여 자신에게 반대하는 궁궐 세력을 섬멸했던 것.
사막의 모래로 지어진 궁전은 일찍이 물에 휩쓸려 사라졌고,
1백 년 후 2백 킬로미터가 떨어진 곳에 세워진 대리석의
화려한 건축물만이 모래 궁전과 대립되는 것…….

그 모든 것들이 새로운 나라에 투사해보고 싶은 다양하고
재미있는 신호들이지만, 여행자는 그것들을 보고도 못 본
체한다. 여행자는 감각기관의 문을 열러가는 길 위에서
첨단기술이 그려놓은 보이지 않은 네트워크에 가로막힌다.
그 그물에 걸린 여행자는 결국 바쁘게 전화를 하고, 팩스를
받고, 휴대전화로 이전 세계에서 보아왔던 정보들을 다시
살펴본다. 며칠간 저녁 뉴스를 챙겨보지 못했다는 사실 때문에
초조해한다. 여행자의 머리는 바쁘게 이전 세계의 이야기를
받아들이기 때문에, 새로운 세계의 이야기가 들어올 틈이
없다. 여행자는 이전 세계에서의 인간관계를 여행지에서까지
맺고 있기 때문에 새로운 세계에서 친구를 사귈 수 없다.
여행자는 이전 세계에서 하던 일들에 바쁘게 발걸음을 내딛고

있기 때문에 새로운 세계에서 발전하고 있는 문화에 주목할 수
없다. 사람들이 그다지 부러워하지 않는 삼각관계를 겪듯,
새로운 세계에서 사랑에 빠진 여행자는 머뭇거리게 된다.
몸의 절반은 계속해서 이전 세계의 사랑과 애매모호한 관계를
유지하고 있기 때문이다.

아마 여행자는 두려워할 것이다. 여행을 떠난 순간부터
현지로 돌아오는 순간까지. 여행자는 자신의 사회에서 뒤처질까
두려워 필사적으로 걸음을 내딛고 여행을 할 때도 제대로
쉰 적이 없다. 여행자는 체계와 권력의 변두리로, 정보의
뒤편으로 밀려날 것이다. 그는 참여자가 아닌 관찰자가
될 것이다. 바꾸어 말해, 여행자는 자신의 사회에서 영원한
여행자가 될 것이라는 말이다.

19세기 이후 산업체계는 날로 발전했고, 노동 공간으로부터
인간을 해방시켰다. 사람들은 휴식의 개념을 확장시켰고,
여행은 새로운 생활 방식의 하나로 바뀌었다. 여행은 국가의
경제적 위험과 군사적 정복의 개념에서부터 개인적 범위에서
활용할 수 있는 휴식 활동의 개념으로 변화했다.

흔히 여행은 개인에게 즐거움과 지식을 제공하고, 건강한
신체와 바른 마음을 만들어주는 것으로 묘사된다. 하지만 어떤
기능이든지 간에 모두 '낯선 환경'을 통해 실현된다. 먼 길을
고생스럽게 걸어 도착한 새로운 환경에서 시각적, 경험적,
신체적, 지식적인 전율을 느끼고 받아들이는 것에 여행의
의의가 존재한다. 여행자가 고정된 환경에서 벗어난 이유는
아름다운 미지의 세계에 닿기 위해서이다. 생활에 단련된
억척스러운 자신을 잠시 동안 내려놓기 위해서. 단단하게 굳은
얼음을 녹여 흐르는 물로 만들어 보존하거나 새로운 모양을
잡아 얼리는 것.

산업혁명을 이끈 사람들은 휴식의 자유를 얻었다.
후기자본주의 사회에는 더욱 많은 첨단기술 제품들이
발명되어 여행자가 여행하는 동안에도 '이전 세계'와 연락을
유지할 수 있게 도왔지만, 여행의 의의는 날로 퇴색되어왔다.
첨단기술이 완벽한 냉장고를 만든 것이다. 여행자는 전 세계의
모든 것을 냉장고 안에 넣어 적절하게 냉동시켜, 여행 도중에도
그것이 녹아내릴 것을 걱정할 필요가 없게 되었다. 얼음이 녹아
새로운 형상으로 만들어질 가능성은 사라져간다. 당신은
정방형의 얼음이고, 80일간의 세계여행을 마치고 돌아와서도

여전히 정방형의 물일 뿐이다. 당신은 영원히 떠나왔다고
믿었던 이전 세계에 남겨진 빈자리를 다시 적당한 크기로
채울 수 있다.

새로운 시대, 여행자는 한 마리 새보다 훨씬 더 가볍게 날아갈
수 있다. 하지만 흐르는 물처럼 자유롭게 모습을 바꿔
돌아다닐 수는 없다.

여행자는 흥분해서 말했다. 설사 지구상에서 가장 넓은 바다
위를 비행했고 자신이 꿈꾸는 가장 먼 곳에 가보았어도,
당신은 여전히 사람들과 접촉해야 하고 그들이 향하는 방향을
알아야 한다고. 다른 사람들의 걸음걸이에 자신의 보폭을 맞춘
초조한 여행자는, 다른 세계를 찾고 다른 생활을 보고 다른
눈빛을 이해한다는 애초의 여행 동기를 잊게 마련이라고.
여행자는 낯선 세상의 소리를 향해 귀를 종긋 세우고,
들어야만 한다.

도시와 시골 사이

———

도시를 여행하면서 보는 것은 사람이지만, 시골을 여행하면서
보는 것은 자기 자신이다.

친구들과 자주 논쟁을 벌인다. 누군가가 도시 여행은 진정한
여행이 아니라고 주장한다. 도시에서 여행자는 사람들이 만든
환경 안에서 활동한다. 뉴욕의 카페에서 터키의 카페로
이동했고, 밀라노의 옷가게에서 홍콩의 옷가게로 옮겨갔고,
도쿄의 서점에서 뉴욕의 서점으로 옮겨 들어갔을 뿐이다.
건축 양식에도 많은 변화가 있고, 실내 인테리어도 참신하게
바뀌었다. 하지만 여행자가 누리는 문화는 형식만 바뀌었을 뿐
내용은 그대로다. 여행자는 자신이 익숙하게 접한 환경에서
쉽게 벗어나지 못한다. 오래된 타이베이 골목의 잡화점을
찾아가는 여행자는 런던에서도 같은 즐거움을 쫓는다.
이런 말과 비슷할지도 모른다. "한번 도둑질을 하면, 죽을
때까지 그 짓거리에서 벗어나지 못한다."

유전자를 자세하게 분석해둔 책이 있다고 할지라도, 어쨌든

인류는 창조자가 아니다. 도시는 인류가 하느님 역을 맡아 만들어놓은 자아 생존의 성과물이다. 물론 그곳은 재미있는 것들로 가득하지만 자연의 신비로움과는 견줄 수 없다. 자연의 신비로움은 인간의 지혜로는 이해할 수 없는, 인류의 상상을 뛰어넘는 것이다. 예를 들어 스코틀랜드의 하늘색을 인류가 모방하고 확장하고 다른 것으로 재창작할 수는 있지만, 영원히 최초의 창조자 역할은 할 수 없는 것과 같다.

7월의 루마니아 시골, 저녁 아홉시. 석양은 산꼭대기에 걸려 있다. 곤충이 울고 산들바람이 천천히 불어오면 식물들은 자연스럽게 흔들리며 청초한 향기를 내뿜는다. 할머니는 뜰에 앉아 신문을 보면서 내게 말씀하신다. "하루에서 바로 지금이 나 자신과 화해하는 순간이야."

만일 어떤 대도시에 있었더라면 이런 상상이 가능했을 것이다. 끊임없이 전화벨이 울린다. 컴퓨터는 항상 켜져 있고, 계속해서 이메일을 주고받는다. 사람들은 끊임없이 약속을 정하고, 차를 타고, 길 위에서 초조하게 시간을 보낸다. 레스토랑 테이블 위에는 생화가 꽂혀 있고, 종업원은 활기차게 첫 고객을 기다린다. 콘서트홀 뒤편에서 연주자는 악기를 조율하고, 길 위의 춤꾼들은 인파 속에서 공연하고 돈을 번다. 남자와 여자는 낭만을 꿈꾸고, 아이들은 길 위에서 태어난다. 편의점 아르바이트들은 교대를 시작하고, 야간 근무 직원은 그제야 하루 일과를 시작한다.

도시는 욕망과 패기로 가득 차 있다. 아름다운 것과 추악한 것, 자극적인 것, 죄스러운 것, 재미있는 것, 화려한 것, 잊을 수 없는 것, 타락한 것, 산뜻한 모든 것들이 존재하며, 악인들은 나쁜 일을 저지르고, 도시 사람들의 연기는 곧 시작될 것이다. 여행자의 눈앞에서 말이다.

시골에 앉아 있는 여행자의 귀에는 자동차 소음이나 상점에서 흘러나오는 떠들썩한 음악 소리가 들리지 않는다. 또 그에게는 도시 사람들의 각본화된 생활이 제공하는 인위적인 것들은 존재하지 않는다. 눈앞에는 구름 몇 점이 떠 있고, 서서히 어두워지는 하늘이 있다. 탐스러운 열매가 달린 사과나무 가지는 구부러졌고, 초승달은 맑게 빛난다. 심심해 보이는 고양이 한 마리와 지혜로운 할머니가 보인다. 공기에는 시골 냄새가 가득하다. 어둑어둑하고 아름다운 고요 속, 나뭇잎 위에 내려앉은 이슬이 달빛을 받아 희미하게 빛난다.

갑자기 풀벌레들도 울지 않고 새들도 지저귀지 않는다. 사방을 가득 채웠던 자연의 소리들이 사라진다. 이 순간만큼은 모두가 약속이라도 한 듯 울지 않는다. 진정한 고요. 여행자는 시간이 멈춘 것 같다는 착각에 빠져든다.

영국의 생물학자 찰스 로버트 다윈은 일찍이 이렇게 썼다. "황량하고 외진 곳에 있으면 누구나 감동하게 되고, 사람의 숨소리 외에 다른 무언가가 존재함을 깨닫게 된다."

5장.
종점 終點

여행은 떠남이다

———

여행의 조건들이 통속적이 되어 견딜 수 없을 때, 조금의
독창성도 남아 있지 않을 때, 새로운 여행자들은 계속해서
여행을 떠난다. 그들은 자신의 상상 속 풍경화를 뛰어넘는
곳으로 가, 새로운 식물과 새롭고 신비한 풍경을 경험하기를
갈망한다.

상상도 못할, 평범함을 벗어난 것들은 여행자의 마음을
맴돌다가 그들 스스로를 새로운 시공간으로 갈 수 있게 만든다.
새로운 시공간. 여행자는 스스로가 어떤 새로운 시공간에
존재할 수 있을지 끝없이 상상한다. 상상 속 시공간은 텔레비전
채널 같아서 마음에 들지 않으면 채널을 돌려 취소할 수 있다.
"죄송합니다. 미스 허는 내일 돌아갑니다" 하고 쉬순잉[13] 이
말했다. "여행이 순조롭지 않을 때 가장 좋은 점은 내가 수시로

———
13 許舜英 . 오길비 패션 & 라이프스타Ogilvy Fashion &
    Lifestyle 사의 수석 크리에이티브 책임자. (편집자)

노선을 변경할 수 있다는 거예요" 하고 폴 써로우[14] 가 말했다.

여행 때문에 생겨난 시공간은 마치 짧은 순간 피었다 사라지는
우담바라[15] 같다. 단 그 시공간은 딱 하나가 아니라 선택할 수
있는 것이기 때문에 여행자의 의지에서 작은 부분을 차지한다.
출발하는 곳에서는 시공간이 딱 하나뿐이고 고정불변한
것이기 때문에 여행자의 의지가 많은 부분을 차지하며
여행자의 존재를 숨기게 된다. 되돌아올 공간은 없다. 다시
만난다는 것은 일종의 특권이자 행복이다. 이것은 당신에게
선택권이 있다는 것을 의미하기 때문에, 사람들은 질투를
한다. 모든 사람들은 많은 적든 시공간의 제약을 받는다.
그 사실을 운명으로 여기든지 그렇지 않든지에 상관없이,
좋아하든지 그렇지 않든지에 상관없이 당신은 그 테두리

---

14 Paul Theroux. 미국의 여행 작가이자 소설가. 소설
   『모기 해안The Mosquito Coast』과 여행기 『유라시아
   횡단기행The Great Railway Bazaar:by train through asia』
   등의 작품으로 유명하다. (편집자)

15 Udumbara. 우담화優曇華라고 써서 우담바라의 꽃을
   뜻하기도 한다. 인도 전설에 나오는 꽃으로, 3천 년에
   한 번씩 꽃이 피며, 이 꽃이 필 때는 금륜명왕金輪明王이
   나타난다고 한다. (편집자)

안에서 태어나고, 이동하고, 말하고, 생활하고, 성장하고,
늙고, 죽는다. 당신이 따르는 그 일반화된 제약들은 법률로
기록된 것이 아니라 보편적인 행동 방식에 포함된다. 일단
그 테두리 밖으로 이동할 수 있다면 아주 짧은 시간부터, 하루,
세 달, 이 년에 걸쳐 모종의 의미로부터 해방될 수 있을 것이다.

여행은 떠나는 것만은 아니지만 일종의 떠남이다. 틀에 박힌
생활, 형식적인 신분을 떠나는 것이다. 다른 사람이 당신에게
설정해둔 규칙을 떠나는 것이다. 저 혼자만 잘난, 쓸데없고
무료한 말을 떠나는 것이다. 당신은 두 번 다시 그곳에 서 있지
않고, 떠나갈 수 있다. 아주 짧은 5분이라 해도 좋다.

도피는 보고도 못 본 체하는 것이다. 떠남은 상대방을 앞에
두고 몸을 돌려 가는 것이다. 내일 나는 이곳에 없을
예정이므로, 당신은 나에게서 무언가를 얻으려고 하지 마라.
나는 당신의 전화를 받을 필요가 없다. 당신의 위협적인
비평을 받아들일 필요가 없고, 나는 당신을 존중하지 않는
태도를 숨길 필요도 없다. 나는 당신과 다른 시공간에 있다.
나는 나만의 시공간을 갖고 있다.

여행자의 시공간은 기묘해서 말로 설명할 수 없다. 모든
시공간을 모아놓고, 그중에서 한 시공간을 뽑아내기 때문이다.
비행기에 앉아 날짜변경선을 넘는 그 순간, 여행자는 낮도
아니고 밤도 아닌 시간과 A지역에 속하지 않고 B지역에도
속하지 않는 공간을 경험한다. 어쩌면 그 스스로도 완전히
자기 자신을 갖고 있지 않을 것이다. 그렇지만, 최소한,
그 순간만큼 여행자는 그 누구의 제약도 받지 않는다.

여행자는 여행길에서 종종 고독을 느낀다. 또다른 시공간이
사방에서 떠다니고, 중간에 가로막혀 볼 수 없는 것이 생기기
때문이다. 여행자는 세상으로부터 떨어져 나왔다. 그렇지만
이런 고독은 건강한 고독이다. 세상 사람들은 엄숙하게
가라앉은 특정 시공간을 살아가면서 필사적으로 세상의
보폭을 뒤쫓는다. 여행자는 유일하게 합법적으로 나태할 수
있는 존재이다. 여행자는 조급해하며 상사에게 잘 보일
필요가 없고, 정보를 얻어야 한다는 강박 때문에 5분마다
인터넷 기사를 검색할 필요도 없다. 집을 사기 위해 저축을
하던 장기적인 계획을 잠시 잊고, 슬픈 사랑에 잠깐
빠져보기도 한다.

여행자는 좋아하기 때문에 좋아하고, 싫어하기 때문에
싫어한다. 그들에겐 어떠한 이익 관계도 없기 때문에 신기하지
않은 건축물을 칭송하지 않아도 된다. 또 그들은 자신이
내뱉은 비평으로 누군가가 상처를 받거나 누군가가 복수하지
않을까 걱정하지 않아도 된다. 여행자가 조금도 중요하지
않은 존재이기 때문이라고 사람들은 말한다. 여행자는
지나가는 손님에 불과하다. 여행자는 세상에서 잊힐 것을
허락 받았다. 여행자는 어떤 특정 시공간을 따르지 않고,
끊임없이 오가며, 매끄러우며, 교활하기까지 하다. 그래서
여행자에게는 어떠한 책임도 물릴 수가 없다.

여행자는 자유롭다고 생각한다. 어쩌면 그 자유 역시 가상의
것일지도 모르지만 말이다.

프랑스 작가 샤토브리앙은 『이탈리아 여행Voyage en Italie』에
이렇게 썼다. "모든 사람들은 한 세계와 연관되어 있다.
사람들이 본 것과 사랑한 것들로 만들어진 세계는 설사 다른
세계에서 여행이나 생활을 하더라도, 멈추지 않고 그가 관계된
세상으로 되돌아갈 것이다."

어디를 가든지 간에 여행자는 여전히 자기 자신이다. 자신은
변하지 않고 환경이 변했다는 사실이 영혼이 변했다는 것을
의미하지는 않는다. 눈으로 본 새로운 세계는 이전 세계의
영혼이 반복되어 지나가는 것이다.

과도한 자유는 눈에 거슬리게 사치스러운 것이기도 하다.
그래서 여행자는 때때로 죄책감을 느낀다. 다른 사람들은
긴장되고 기계적인 시공간에 묶여 있는데, 자기만 아무 일
없다는 듯 느긋하게 발걸음을 옮기고 아무런 목표 없이
살아가는 것 같기 때문이다. 여행자는 스스로에게 존재 가치를
묻기 시작한다.

여행을 하는 시간은 공백의 시기이다. 여행자는 고정되어버린
익숙한 시공간을 벗어나고, 익숙했던 모든 것을 내려놓는다.
궤도 위에 있는 바퀴처럼 구르고는 있지만, 잠깐 동안
관성에서 벗어나 자신과 지면의 관계에 대해 생각하는 것이다.

밀란 쿤데라의 『참을 수 없는 존재의 가벼움』에서 토마스를
떠난 테레사는 아무런 자유도 느끼지 못했다. 테레사는 그녀가
가장 사랑한 사람이 마음으로부터 멀어져가자 옳고 그름을

분간할 수 없을 만큼 두려웠다. 토마스는 새로운 시공간에 들어섰고, 테레사는 여전히 과거에 남겨졌다. 그녀는 타락하려는 욕망에 저항할 수 없었기에 스스로가 연약하다고 느꼈다. 그녀는 토마스를 찾아갔다. 기다리고 있던 그녀의 남편이 그녀를 끌어당겼다. 여행자는 여행길에서 화려함이 뒤섞인 낯선 환경을 관찰하는 것이 아니고, 이국 문화에 대해 생각하는 것이 아니다. 그가 관찰하고 생각하는 것은 바로 자기 자신이다. 여행자는 그 과정을 통해 다시 자신과 원래의 세계에 거리를 둔다. 물론 거리가 가까운 것이 친밀하다고 볼 수 있지만, 거리가 멀어지면 그만큼 더 그리워하게 된다.

여행자는 시간이 한참 흐른 뒤에야 돌아갈 수 있을 것이다.

여행자가 떠나가는 것을 주변 사람들이 싫어하는 이유는, 떠남에 '버린다'는 암시가 포함되어 있기 때문이다. 그래서 여행자가 떠나는 모습을 본 사람들은 공간의 이동을 보았고, 배신을 보았고, 허무를 보았다. 하지만 그들은 생명의 본질은 볼 수 없었다. 왜냐하면 우리는 '가벼움'을 통해 비로소 '무거움'을 이해하고, '죽음'을 통해 비로소 '삶'을 알고, '멀어지는 것'을 통해 비로소 '가까워지는 것'을 알게 되기 때문이다. 여행자는 여행을 통해 생명의 시작과 끝에 대해 배운다. 세상의 탄생을 보고, 자신의 존재가 조금도 놀라운 것이 아님을 보게 되는 것이다.

알려줄 수 없는 여행

———

여행은 절대로 알려서는 안 된다.

여행은 왜 이토록 비밀스러워야 하는 것일까? 여행은 생명의
탄생과 관계가 있기 때문이다. 여행은 생명이 우연히
만들어지는 신기한 경험과 같아서, 당신이 무방비 상태로 있는
순간에 사건이 일어난다. 당신은 '왜' 그리고 '어떻게' 사건이
일어났는지 알 수 없다. 사건은 당신이 계획한 범위 안에서
일어나는 것이 아니다. 사건은 '발생'했다. 그럼에도 불구하고
당신의 감각은 세상을 놀라게 할 만큼 아름답게 세상을
지각해낸다.

당신은 어떤 일이 두 번 다시 일어나지 않을 거라는 사실을
알고 있지만, 다시 한번 그 사건이 발생하기를 간절히 바란다.
여행자의 가장 큰 슬픔은 무언가가 막 좋아지기 시작했거나
익숙해졌을 무렵 그 풍경을 떠나야 한다는 것이다. 여행자는
예전에 둘러본 곳을 다시 찾아갈 수 있다. 하지만 모든 것은
변한다. 눈앞에서 보았던 풍경, 들이마셨던 냄새, 몸을

스쳐갔던 바람, 사랑하는 연인과 그 나이의 당신……
그 모든 것이 아마 완전히 사라질 수는 없을 것이다. 하지만
분명히 변할 것이다. 당시의 정황, 기분, 감정 그리고 그런
것들을 남겨두고 싶은 당신의 주관적인 감정과 객관적인
환경은 한번 지나가고 나면 절대 되돌아오지 않는다.

여행자는 길을 따라 기록하는 일을 좋아한다. 자신이 알고
있는 세상 만물이 시간이 지나면 사라져버린다는 사실을 알고
있기 때문일 것이다. 여행은 아름다운 경험이다. 아름다운
경험들은 대부분 생명의 가장 깊고 신비로운 감동과 연관되어
있다. 비록 하늘에 갑자기 나타난 섬광처럼 단 한 순간의
접촉이지만, 섬광은 환하게 빛나고 여행자의 눈앞에 펼쳐진
세계는 일순간 또렷해진다. 여행자의 시선은 뚜렷하기 때문에
상상한 것보다 훨씬 더 먼 곳을 볼 수 있을 것이다.

순식간에 여행자는 진짜 고상한 가치의 존재에 대해 믿게
되었다. 게다가 여행자는 자신과 이런 가치가 어울린다고 굳게
믿었다. 앞서 온 다른 여행자든 뒤에 온 다른 여행자든 이런
가치와 깊게 어울리려 들 것이다. 이런 경험은 말로 전할 수
없다. 기적은 원래 믿고자 하는 영혼에게만 허락된다.

다른 사람들은 우스운 이야깃거리로만 생각하지만 말이다.

이른바 여행 문학이나 멋진 사진, 텔레비전 프로그램이
여행자가 보고 느꼈던 세상을 얼마만큼 전달할 수 있는지
모르겠다. 솔직히 말하자면 나는 그들이 제대로 전달할 수
있다고 여기지 않는다. 재미있는 로맨스 소설도 본인이 직접
경험했던 견고한 사랑만 못하듯 여행도 그렇다. 여행이란
지극히 개인적인 경험에 속하기 때문이다.

사랑을 해본 후에 다시 로맨스 소설을 읽어보면, 그제야
사랑에 대한 정확한 관찰은 연애소설이 될 수 없다는 사실을
알아차린다. 가끔 유행가 한두 소절을 부르다보면 지나치게
상투적이어서, 깊은 밤 맨발로 욕실 거울 앞에 멍하니
서 있게 된다.

한 친구는 술집에서 노래 한 곡을 듣고 놀라 눈을 크게
뜨고서는 우리에게 조용히 하라고 말했다. 그러고는 '그녀가
아일랜드를 여행할 때 머물렀던 더블린 술집에서 흘러나왔던
그 노래'를 들었다. 꽤나 평범한 노래였다. 멜로디도 평범했고,
음악적 감수성도 풍부하지 않았다. 심지어 아일랜드 가수의

노래도 아니었다. 빌보드 차트에 올랐던 노래였다.
가수의 목소리는 워낙 형편없어서 노래 말고 다른 일을 하면
훌륭하게 해낼 수 있지 않을까 하는 생각이 들 정도였다.

하지만 친구가 아주 심취한 표정을 지어 보였기 때문에 우리는
그냥 입을 다물고 있었다. 그녀는 머리끝부터 발끝까지
감동했지만, 우리들 중 누구도 그 감동에 전염되지 않았다.
실제로 그 열정이 과장되어 보이는 것은 그녀 혼자만 특별한
멋을 뽐내고 싶어했기 때문이다. 마치 나르시시즘이 극에
달한 소프라노에게 칭찬이 담긴 박수 소리와 흠모하는 눈빛이
필요한 것처럼.

하지만 나는 그녀의 감정에 반드시 진심이 담겨 있었을
것이라고 믿는다. 당신은 레스토랑에서 버터 전복 수프를
주문해 숟가락으로 천천히 전복을 떠올려보지만, 전복이
한두 개 밖에 들어가 있지 않은 것을 발견하고는 실망해서
수프를 혀끝으로 음미하지 않고, 우걱우걱 씹어 삼켜본 적이
있을 것이다. 그럼에도 부정할 수 없는 한 가지 사실은 당신이
맛있는 전복을 먹었다는 사실이다. 비록 수프에 들어 있던
전복의 양이 당신이 기대했던 것에 미치지 못했다 하더라도,

수프 속 전복의 존재에 대해서는 의심할 여지가 없는 것이다.
나는 친구의 과장되고 화려한 감정 표현을 마주할 때면
이런 태도를 유지한다.

어떤 면에서 그녀와 나 사이는 기독교인과 회교도인의
대화처럼 어긋난다. 신을 믿는다는 점은 같지만 절대
텔레파시는 통하지 않는다. 여행은 아주 사적이며, 종교처럼
당신과 하느님 둘 사이에만 존재하는 것이기 때문에 다른
사람과는 아무런 관계가 없다.

여행자라고 해도 다른 여행자가 얻은 영감을 반드시
인정하거나 이해하는 것은 아니다. 여행자들이 같은 장소에서
보는 것은 서로 다른 세상이다. 시간대가 다르고, 계절과
날씨가 다르고, 연도가 다르고, 눈빛이 다르고, 인생의 경험이
다르고, 개인의 취향이 다르기 때문에 당연히 다른 해석이
나올 수밖에 없다. 관광이 발달한 도시에는 도시로부터 특별한
감동을 얻고 싶어하는 여행자들이 멀리에서부터 찾아온다.
도시의 위치는 신의 거처인 교회와 같은 역할을 한다, 사람들은
비슷한 목적과 희망을 지닌 채 그곳을 찾아오고, 각자 다른
답안을 가지고 떠나간다.

신은 신이고, 변화는 없다. 마치 피렌체가 도시를 찾아온 사람들이 중세시대『군주론』을 쓰고, 교회에 천장화를 그리고, 중국 현대시를 쓴 것과 관계없이 줄곧 피렌체로 남았던 것과 같은 것이다. 그들은 이곳에 왔고, 각자 원하는 것을 손에 넣고 만족했으며, 이곳을 떠나거나 여기에 남았다.

여행 경험은 병에 포장된 와인 같다. 같은 공장에서 생산되어 표면적으로 같은 병에 담기고, 같은 공장 상표가 붙어 있다. 그렇지만 생산 연도에 따라 다른 맛을 가지고 있다. 몇 달의 차이가 만들어내는 맛의 차이도 아주 크다.

그러나 코르크 마개를 개봉하기 전까지 당신은 그런 세세한 차이점을 알지 못할 것이다. 쌍둥이보다 더 쌍둥이같이 닮은 와인 병은 손으로 만져봐도 프랑스에서 대량생산된 와인처럼 생각된다.

코르크 마개를 개봉한 와인 병에서는 알라딘에서 요정 지니가 램프 속에 갇혀 있다가 밖으로 나온 것처럼 향이 흘러나온다. 술을 담갔던 해의 기억은 빠르게 공기중으로 퍼져가고, 코를 통해 들어가 머릿속까지 생동감 있게 회복된다. 당신은

이내 그날의 날씨와 공기중의 습도가 포도 생산과 와인의
품질에 영향을 끼쳤다는 것을 알게 된다. 녹색 넝쿨들이
만들어낸 물줄기가 태양 아래 반짝이고 자홍색 포도가
요트처럼 드문드문 나타나는 모습이, 허리가 굽은 나이 많은
프랑스 농부가 거칠고 큰 손으로 포도의 겉을 세심하게
어루만지며 자질구레한 이야기를 늘어놓는 모습이 당신의
눈에 선하다. 떨어질 듯 아슬아슬하게 와인 병에 붙어 있는
라벨은 갑자기 새로운 의미를 지니게 된다.

지극히 평범해 보이고, 아름답지도 않은, 초점이 흐릿한 여행
사진이라도 여행자에게는 영원히 이야기할 힘을 지니게 한다.
비록 대부분의 시간, 사적인 감정을 갖지 않은 방관자의
눈으로는 그것은 역시 그저 정확하고 평범하며, 아름다움이
떨어지는 초점이 모호한 여행 사진일 뿐이지만.

여행은 역설적이게도 전기(傳奇)의 기원이다. 옛날 조용한 밤,
사람들은 숨도 쉬지 않고 눈도 깜빡이지 않을 만큼 집중해서
여행자들의 이야기를 들었다.

깊은 밤, 내 친구가 여행 이야기를 마치자 사람들은 모두

뿔뿔이 흩어졌다. 차가운 새벽 기운이 거리를 채우고 있었고, 이야기는 끊어질 듯 말 듯 꼬리를 이어갔다. 내내 침묵을 지키던 한 남자가 내게 말을 걸어왔다. 남자는 지난날 자신이 경험했던 여행을 떠올리느라 바빴기 때문에, 내 친구의 여행 이야기는 한 글자도 귀에 들어오지 않았노라고 말했다.

"다른 사람의 첫사랑 이야기를 들으면 풋풋했던 자신의 첫사랑이 떠오르는 것과 같은 거죠. 그렇죠?" 나는 물었다.

내 말을 들은 남자는 크게 웃었다. "사람들은 자기 사랑만이 유일하다고 믿죠. 그 사랑만이 세상을 놀라게 하고 사람들을 감동시키고, 고결하고, 세속적이지 않다고 믿는 거죠. 다른 사람들의 사랑은 세속적인 게임에 불과하고, 지겹게 반복되고, 이야기할 만한 가치가 없는 것이죠. 실연에 대해서도 자신의 고통이 가장 사실적이고, 세상에서 자신이 가장 무고하고, 자신에게 남은 사랑의 상처가 가장 깊다고 여기죠. 다른 사람이 사랑을 잃었다면 그건 그가 우매하기 때문에 일어난 불행이라고 생각해요. 세상에는 사랑과 여행처럼 다른 사람에게 정확히 말할 수 없는 몇 가지 일들이 있어요. 오롯이 자기만 보관할 수 있는 것들 말이에요."

잠시 침묵이 흘렀다. 남자가 다시 입을 열었다.

"제 사랑 이야기 좀 들어보지 않을래요?"

여행의 종점은 죽음이다

———

비행기는 잠시 후 착륙한다. 파리에서 출발해서 타이베이에
도착한 비행기는 마지막 5분 동안 상공을 선회했다. 나는 통로
쪽 좌석에 앉아 있었고, 뒤편에 화장실이 있다. 화장실에
들어갔던 여자 승객이 오랫동안 나오지 않자 승무원은 화장실
문을 두드리며 자리로 돌아가 안전띠를 매고 착륙할 준비를
하라고 요구했다. 끝내 반응이 없자 그녀는 건장한
남자 승무원을 데려와 화장실 문을 강제로 열게 했다.

비명이 들렸다. 갑자기 기내 기압이 달라진 것만 같았다. 많은
사람들이 숨을 거칠게 쉬기 시작했다. 혼란스러웠다. 고개를
돌려보니, 여자 승객을 화장실 밖으로 끌어내어 통로 바닥에
눕히는 모습이 보였다. 그 여자 승객의 머리카락이
내 복숭아뼈에 닿는 게 느껴졌다. 겸연쩍어 머뭇거리는,
가벼운 예의를 머금은 것만 같았다.

고개를 숙여보니, 여자의 눈이 나를 응시하고 있었다. 하지만
여자가 정말 나를 쳐다본 것은 아니었다. 그녀의 눈빛은 나를

지나쳐, 비행기 천장을 뚫고, 파란 하늘을 주시하는 듯했다.
여자는 구름 위에 누워 있었다.

기장은 영어와 중국어를 사용해 기내 방송을 한 뒤, 프랑스어
로 한번 더 방송을 했다. 승객중에 의사가 있으면 도움을
부탁한다는 내용이었다. 두세 명의 젊은 승무원들이 바닥에
누워 있는 여자 승객을 둘러쌌다. 놀라서 들고 온 붕대와 가위,
두통약 등이 여기저기 흩어졌고, 승무원들은 어찌할 바를
몰랐다. 그들은 내 팔꿈치 쪽에서 크게 심호흡을 했고, 그들이
내뱉은 숨이 이따금 내 피부에 와 닿았다.

내 옆에는 프랑스 사람이자 이 항공사의 승무원인 이가 앉아
있었다. 그는 무료로 이 비행기를 타고, 타이완으로 휴가를
가는 중이었다. 나와 그 모두를 아는 승무원 친구가 그를
내 옆에 앉을 수 있도록 배정했다. 장시간의 비행 동안 그에게
타이완 여행에 관한 조언을 해줄 수 있기를 바랐던 것이다.
그는 몸을 숙여 내 어깨 너머의 여자 승객을 쳐다보고는
고개를 저으며 차분하게 말했다. "여행을 마치고 돌아오는
중에 발생한 일 같아요. 흔히 즐거움 끝에 비극이 찾아온다고
말하죠."

앞 좌석에 앉은 승객이 고개를 돌려 자신이 불교협회에서
일하는 사람이라고 신분을 밝히더니, 함께 독경할 것을
요구했다. 그러나 나는 아무런 반응도 보이지 않았고, 그녀는
사납게 호통을 쳤다. "좋은 일을 하고 싶어하지 않다니!
앞으로 좋지 않겠군!" 그녀는 호되게 저주를 퍼부은 혼잣말에
스스로도 놀랐는지, 손으로 가슴을 어루만지며 '아미타불'
하고 읊조리기 시작했다. 약속이나 한 듯, 우리는 바닥에 누워
있는 여자 승객을 바라보았다. 여자는 공허하게 무언가를
바라보고 있었다.

마침내 비행기가 착륙했다. 응급용 간이침대가 기내로
들어왔고, 여자 승객은 병원으로 후송되었다. 이 때문에 다른
승객들은 한동안 비행기에서 내릴 수 없었고, 여기저기서
불만이 터져 나왔다.

여행에 대해서는 몇 가지 믿음이 존재한다. 여행은 반드시
낭만적이고, 휴가는 꼭 즐거워야 하고, 배낭여행은 세계
각지를 떠도는 것이며, 이국에는 진정한 사랑이 기다리고
있으며, 진정한 죽음도 다가오고, 결국 모든 신화가
산산조각난다는 믿음이다.

여행과 죽음은 밀접한 관계를 맺고 있다. 여행 그 자체가
치명적일 수 있지만, 현대 여행자들은 이런 가능성을
잊어버렸다. 여행 수단은 선진화되었고, 이동은 편리해졌으며,
여행 시스템은 어디에나 잘 보급되어 있다. 1세대 여행자나
항해자가 겪었듯, 대자연의 위협 속에 놓이고, 음식 때문에
병이 나고, 기후와 풍토가 맞지 않아 괴로워하는 일들은 거의
사라졌다. 하지만 그 모든 것이 완전히 사라진 것은 아니다.

작은 여행이 끝난 후, 여행자는 뜻밖에 인생이라는 큰 여행의
종착지에 도착하기도 한다. 여행자는 한번 떠나면 돌아오지
않는다. 항해가 마젤란은 원주민에게 살해당했다. 향료를
구하려던 선원은 전신에 손상을 입었다. 장거리 출장을
나갔던 병사들은 참수를 당했다. 독일 국적의 여행객을 싣고
비행하던 여객기는 공중에서 폭발했다.

여행은 시작점과 종착점을 모두 포함한다. 중간 과정은 매우
짧고 일시적이며, 수시로 끝맺을 수 있다는 것이다. 인생을 한
차례의 여행에 비유하자면, 인류는 생명을 이해하는 것으로
상징된다. 새로운 항로를 발견한 위대한 모험가 혹은 길에서
물건을 빼앗기고 속임을 당하는 연약한 관광객에게 여정이

순조롭거나 험난하다고 해도, 모든 풍경은 여행자의 눈을
사로잡는다. 어쨌든 여행은 곧 끝난다. 조만간에.

여행자는 밖에서 노느라 해가 지고도 집에 돌아가기 싫어하는
어린아이 같다. 눈을 가늘게 뜨고, 다가오는 어둠이 세계를
삼키는 장면을 지켜보며 아쉬워한다. 집으로 돌아가기는 정말
싫다.

여행이 가져오는 즐거움은 이렇게나 깊고 강렬하다. 가끔
순수한 즐거움은 모든 것을 압도하고, 여행자를 죽음 앞으로
데려다놓는다. 실제로 나이아가라를 여행하는 여행자 중
80퍼센트에 이르는 사람들이 폭포에 도착하자마자 죽음을
생각한다고 한다. 후지 산은 일본 사람들이 자살하기 좋아하는
장소로 손꼽히곤 한다. 여행은 인류로 하여금 자기 능력의
범주 안에서 구성된 생존을 벗어날 수 있게 하고, 훨씬 더
웅대하고 영원불멸한, 아름다운 존재를 직접 대면하게 한다.
그래서 우리는 스스로가 일종의 '영원'을 쟁취했다고 믿는다.
'만일 저 화려한 경치에 몸을 맡길 수 있다면 얼마나 좋을까'
하고 여행자는 생각한다.

스스로에게 다가올 미래를 예측하는 일은 여행자에게도 무척
어려운 일이다. 여행은 마치 인생 같아서 대부분의 시간 동안
여행자는 앞으로의 여행길에서 무엇이 자신을 기다리고
있을지 미리 알지 못한다.

여행자가 떠나게 된 계기는 어쩌면 용기에서 나온 것일지도,
무지에서 나온 것일지도, 또 어쩌면 자기도 모르게 떠나온
것일지도 모른다. 어쨌든 여행자는 이미 길 위에 있다.
종착점에 닿기를, 또다른 새로운 시작점이 나타나기를,
새로운 여정이 여행자를 기다리고 있기를 기대하면서.

하지만 그것은 여행자가 되돌아올 때의 여행은 아니었다.
나는 여자 승객의 눈을 생각했다. 그때 그녀는 도대체 무엇을
보았을까?

일주일 후, 타이베이에 왔던 항공사 직원은 휴가를 마치고
프랑스로 돌아가기 직전 내게 전화를 걸어왔다. "네가 알고
싶어한다면 알려줄게. 그 여자 승객은 죽었어. 비행기에서
숨을 거둔 거지. 남편이랑 유럽으로 신혼여행을 갔다가
프랑스에서 타이베이로 돌아오는 길이었대. 도착 한 시간

전부터 몸이 불편하기 시작했고, 화장실로 갔지. 나중에
일어난 일은 너도 잘 알 테고. 남편은 겁을 너무 많이 먹어서,
시신을 확인하러 병원으로 가야 하는데 못 간다고
했나보더라고." 그는 수화기 건너편에서 가볍게 웃었다.

기다림

___

여행은 연속된 기다림이다. 휴가철이 다가오기를 기다리고,
저금통장 속 숫자가 이상적 수치에 이르기를 기다리고,
적절한 계절을 기다리고, 함께 여행할 사람을 기다리고,
길 위에서 기다리고, 비행기가 이륙하기를 기다리고,
착륙하기를 기다리고, 수하물 컨베이너 벨트가 운행되기를
기다리고, 택시가 호텔까지 데려다주기를 기다리고, 예약한
호텔 객실이 정리되어 체크인을 할 수 있을 때까지 기다리고,
미술관 개장을 기다리고, 여행 관련 잡지에서 적극적으로
추천하는 일출을 기다리고, 버스가 자신을 다른 장소로
데려다주기를 기다리고…… 여정 동안 여행자는 늘 기다린다.

한동안 여행자는 스스로가 헝겊 인형 같다고 생각한다.
아무런 감각도 없는 인형 같기 때문이다. 여행자는 좁은
비행기 좌석에 끼어 앉아 있거나 플라스틱으로 만든 공항
의자에 놓여 있고, 곰팡이가 슬어 냄새나는 오래된 기차
좌석에 몸을 웅크리고 있다. 눈을 한 번 깜박일 때면 20분 혹은
30일의 시간이 훌쩍 지나간 듯하다.

여행자는 점점 '잘 기다릴 수 있도록' 훈련을 받는다. 그다지
중요하지 않은 신문 기사나 책을 읽고 있지만, 그마저도
비행기나 기차 탑승 시간이 되면 자리를 옮겨야 하기에 수시로
멈춘다. 그리고 여행자는 언제 어디서나 마음대로 잠들 수
있다. 미소를 지으며 낯선 여행자와 이야기를 나눌 수도 있다.
각자 목적지를 이야기하거나 자신의 고향에 대한 느낌을
주고받는다. 커피를 몇 잔을 들이마신 후엔 숨을 고르고
'조급하지 않게' 또 '초조하지 않게' 언덕을 기어오르는
거북이처럼 신중해진다. 시간을 자주 확인하고 돌아가야 할
시간을 정확히 계산한다. 여행자는 하릴없어 보이거나
바보처럼 보이는 것을 개의치 않는다. 그는 잠시 마음속
새장 안에 몸을 웅크린 채 있고, 그사이 어떤 시간은 발을 씻은
물처럼 가치가 없어져 밖으로 버려진다. 그러나 여행자는
전혀 개의치 않는다.

여행자는 당당하다. 아무 소리도 내지 않고, 눈도 깜빡이지
않는다. 자신의 순간을 소비하는 방식에 의미가 없고,
누군가가 하룻밤 사이 가산을 탕진하기로 결정하더라도,
패기만만하고 호쾌하며 절대로 기가 죽지 않는다. 45초, 90분,
48시간, 5일…… 좋다. 당신에게 주겠다. 모든 것을 당신에게

주겠다. 그 시간을 기다려 멕시코를 방문하고, 러시아에 갈 수
있다면, 또 신장을 거닐어볼 수 있다면 말이다. 그 시간들에
대한 보상율은 사실 아주 낮은 편이다. 두 시간의 비행은
일일 시내 관광으로 바뀐다. 기차를 타는 세 시간은 반쯤
무너져내린 작은 성으로 바뀌고, 깊은 산속을 일주일 동안
걸어 들어가는 것은 이미 세상에서 잊힌 독립 부족을 만나는
것으로 바뀐다. 수십 일 동안의 독립된 생활은 바다 전체를
내다보는 광활한 시야로 바뀐다.

그러나 소설 애호가들은 누가 사건의 진범인지 알고 싶어서,
탐정소설 앞부분에 있는 2백여 페이지의 쓸데없는 말들을
참아낸다. 여행자도 그렇다. 열망하는 답을 찾기 위해 목숨을
건다. 그들은 끊임없는 기다림을 통해 먼 곳,
지구 모퉁이쯤에서 자신이 원하는 답을 찾을 수 있을 것이라
믿는다. 그러나 여행자는 쉽게 만족하는 사람들이기에,
목적지에 도착해서 그곳을 한 번 쳐다보는 것만으로도
두 눈이 환해지곤 한다. 답이 있고 없고는 상대적인 것이라
이미 중요하지 않은 문제이다.

기다림은 그 자체로 하나의 즐거움이다. 허무는 모든 여행자가

반드시 몸에 지니고 다녀야 할 짐이다. 기다림이 습관이 된
그날, 나는 내가 여행을 하고 있다는 것을 발견했다.

공항

———

공항은 가장 자유로우면서도 가장 자유롭지 못한 현대적
공간이며, 전 지구화를 가장 잘 보여주는 장소이다.

전기 플러그보다도 훨씬 규격화되었고, 컴퓨터 언어보다도
훨씬 잘 들어맞는다. 공항은 국가와 민족 문화의 흔적에서
완전히 벗어났고, 비인간적으로 기계문명의 규율을 따른다.
멕시코, 쿠알라룸푸르, 런던, 두바이, 캘커타, 싱가포르,
타이베이, 요하네스버그의 모든 공항은 같은 언어를
사용하고, 같은 규범을 따르며, 같은 기능을 갖추고 있다.
당신을 도착하고 떠날 수 있게 한다는 단 하나의 목적을
위해서.

영국 작가 J. G. 발라드가 말했던 것처럼, 비행은 계급과
국적의 차이를 없애고 출국장에 있는 사람들은 모두 떠날
준비를 한다.

공항은 현대문명의 구체적인 상징이다. 사람들이 순조롭게

도시를 드나들도록 하기 위해 공항은 현대 생활의 특징과 밀접한 몇 가지 원칙을 만들었다. 익명성, 무성無性, 첨단과학기술, 매끈함, 정교한 동선, 속도, 인접성. 공항은 언제나 새롭고 깨끗하며, 편안함을 제공하고, 즐거움을 추구하는 데 중점을 두어야 한다. 사람들은 공항을 볼 때 날아오름, 떠남, 다가올 날들, 끝없는 가능성 같은 것들을 떠올린다. 공항은 새로운 영역과 연결된 통로이기 때문에 사람을 기쁘게 만든다. 공항의 모든 것은 세속적이고 틀에 박힌 자신의 일상과는 다르게 다가온다. 사람들은 공항에 깊게 매료되고 만다. 마치 프랑스 감독 프랑수아 트뤼포의 영화 〈부드러운 살결The soft skin〉에 나오는 중년의 남성 작가가 자신도 모르게 젊고 아름다운 승무원에게 광적으로 빠져들어, 명성을 잃는 데도 불구하고 그 사랑에서 스스로 벗어나지 못하는 것처럼 말이다. 그것은 일종의 자극이자, 별 도움이 되지 않는 감각기관의 모험이다.

그렇다. 우리는 자극을 찾기 위해 스스로가 도움이 되지 않는 상태에 빠지는 것에도 아낌이 없다. 공항에서 우리는 자발적으로 무장해제 상태가 되며, 순종적으로 안내 방송을 듣고, 공항에 존재하는 모든 지표를 따르고, 방송에서 나오는

명령에 복종한다. 공항에서 우리는 아이가 되어 다른 사람이
우리를 이끌어주고, 지도하고, 보살펴주기를 기다린다.
우리는 책임지거나 결정하지 않고, 그저 명령을 따르기만
하면 된다. 세관에서 여권을 보여 달라고 하면 여권을
보여주고, 항공사에서 트렁크를 기내에 반입할 수 없다고
말하면 한숨을 내쉬며 우울해하면서 트렁크를 내려놓는다.
검색대에서는 세관 직원이 가방을 열어보라고 요구한다.
가방 안에는 여러 가지 사적인 물건들이 들어 있는데, 심지어
다른 사람에게 보여주기 창피한 물건들도 있다. 그러나
우리들은 아무런 저항 없이 가방을 열고 세관 직원에게 안을
보여준다. 만일 세관 직원이 우리 몸을 수색하다가 민감한
신체 부분을 만졌다고 해도 굳이 항의하지 않는다. 그들이
타당한 이유를 내세우며 몸수색 방법이 정당하다고 말할
것이기 때문이다.

공항에 들어서면 출발지와 목적지 사이에서 여행자는 더이상
자유로운 주관을 가진 성인이 아니다. 이것은 일종의 통제이자
방임이다. 방임이라고 표현할 수 있는 이유는 공항에서
여행자는 임무에 대해 책임지지 않으며, 다른 사람의 지시만을
따르기 때문이다. 우리는 나태해지도록 허용되었고 아무 생각

없는 바보처럼 움직이면 된다. 일상의 의무를 모두 제거하고, 우리는 아직 날아오르지 않았고, 구름 속을 자유자재로 유영하는 즐거움을 아직 경험하지 못했다. 공항에 항상 자유로운 공기가 떠도는 이유는 공항이 사람들의 꿈을 대표하기 때문이다. 공항에는 떠나는 것이나 도착한 것에 관계없이 상상할 수 없는 미지의 것들이 우리를 기다리고 있다. 공항은 중간 지점에 존재한다. 두 지점 사이에서 여행자는 당연히 공항에 있고, 여행자가 출발지와 목적지 사이에서 이동할 때 공항에선 아무런 일도 일어나지 않을 수도 있고, 어떤 일이든 일어날 수도 있다. 목숨에 대한 생각은 여전히 여행자의 머릿속을 맴돌지만, 그 모든 것들은 여행자가 이동함으로써 금세 사라질 것이다.

공항은 세계에서 법규가 가장 엄격한 장소다. 비행의 안전을 위해, 국가의 안전을 위해, 공항 직원은 항상 당신에게 당신은 누구이며 어디에서 왔고 어디로 가는지를 물을 것이다. 그들의 눈에는 공항을 누비는 모든 여행객이 잠재적인 테러리스트로 보인다. 그들은 당신을 통제해야 할 대상으로 보지만, 동시에 당신이 아무런 문제도 일으키지 않을 것이라고 확신하고 있다.

공항에서 여행자는 엄격한 통제를 받는다. 공항만큼 모든
사람들의 움직임을 호시탐탐 주시하는 곳도 없을 것이다.
여행에서, 출발지와 목적지 사이에 존재하는 공항은 '국가의
경계'로서 존재한다. 네모반듯한 세관의 데스크는 여행자가
마주한 국가의 경계이다. 만약 당신이 여행을 증명할 만한
유효한 신분증을 제시하지 못한다면, 공항은 곧 적의로 가득
찬 곳으로 바뀔 것이다. 당신은 무력해지고, 고독하고,
수치스럽고, 두려워질 것이다. 어떻게 해야 좋을지 몰라서,
세상에 태어난 것 자체가 실수였고 애초에 집 밖을 나선 일이
실수였다는 생각을 하게 된다.

작은 실수라도 하거나 절차가 잘못되는 일이 생긴다면,
기쁜 마음으로 출발했던 여행자는 보이지 않는 깊고 검은
동굴에 빠져서 다시는 기어 나올 수가 없다.

프랑스 샤를 드골 공항에는 '영원한 여행자'라고 불리는
유명한 사람이 있다. 그는 원래 이란 사람이었고, 벨기에서
정치적 난민을 신청했다. 하지만 프랑스에 도착한 다음
신분증명서를 분실했고, 공항에 발이 묶인 채, 10년이 넘는
세월을 보냈다. 그는 프랑스에 들어갈 수 없었고, 돌아갈

나라도 없었고, 다른 곳으로 갈 수도 없었다. 그는 제1공항 버거킹과 피자집 사이에 살며 모든 행인들에게 자신이 겪은 일을 알렸고, 통신시설을 통해 역사와 경제, 재무 관리 등 3개의 학위를 획득했다. 그가 경험한 일은 미국 감독인 스티븐 스필버그[16]에 의해 영화로 개작되었지만 그는 첫번째 영화 상연에 가지 못했다. 공항을 떠날 수 없었기 때문이다. 나중에 결국 프랑스에서 망명을 허가했지만, 그는 공항을 떠날 생각을 하지 못하게 되었다. 공항은 그가 유일하게 알고 있는 집이 된 것이었다.

소설가 앤서니 버지스는 비슷한 이야기를 썼다. 이야기의 주인공은 정치적 난민이 아니라, 생활에 염증을 느낀 중년의 어부다. 그는 떠돌이 삶을 꿈꾸며 고의로 여권을 잃어버리고, 종착지도 없고 목적지도 없는 여행을 시작한다. 어부는 그 여행이 끝나지 않으리란 끝없는 기대 속에서 살아간다. 작가는 마지막에 어부가 휠체어를 타고 공항을 빠져나와 '그가 상상하는 목적지, 여권이 필요 없이도 입국이 가능한 나라로' 가는 모습을 그렸다.

---

16 영화 〈터미널Terminal〉. (편집자)

21세기가 막 시작된 그해에 발생했던 9·11 테러는 전 세계로
여행을 떠나는 사람들의 상상까지 습격했다. 비행기를
탑승하는 사람들의 수는 급격하게 감소했고, 검색대에서의
절차는 유례없이 복잡해졌다. 공항 레스토랑의 요리사들은
칼을 들고 요리할 수 없게 되었고, 치즈를 바르는 나이프가
요리사들의 가장 날카로운 도구가 되었다. 여성들은 바늘
끝같이 뾰족한 하이힐을 신을 수 없게 되었다. 남성들은
면도기를 소지하면 비행기에 탑승할 수 없었고, 아이들 또한
뾰족한 장난감은 집에 두고 와야만 했다. 겉보기에
꺼림칙하거나 테러 용의자처럼 의심스럽게 생긴 사람들은
집에서 나설 수조차 없었던 셈이다.

런던 공항에서 출국할 때에는 검색대를 지나갈 필요가 없고,
수하물 검사만 받으면 된다. 한 미국 여자는 불쾌해하며
친구에게 투덜거렸다. 여권조차 쳐다보지 않는 런던 히드로
공항의 안전 업무가 너무 부실한 것 같다고 불평했던 것이다.
그때 옆에 있던 백발노인이 낮은 톤으로 말했다. "위험하지
않으면, 어찌 집을 떠나 모험을 한다고 할 수 있겠어?"
노인은 나를 향해 윙크를 했다.

우리는 왜 여행을 하는가?

——

한 여자 동료는 나에게 업무를 전달해주면서, 곧 내가 살고
있는 도시로 여행을 떠날 거라고 말했다. 나는 그녀에게
여행할 때 필요한 지도를 전해주기로 약속했다. 세 시간 후
그녀는 흥분을 감추지 못하고 나를 찾아와 말했다. "어때요?
다 완성했어요?" 나는 당황스러웠다. "내일 모레가 마감 기일
아닌가요?"

"아니요, 업무 말고 지도 말이에요." 그녀는 사뭇 진지하게
말했다. "이번 휴가가 길었으면 좋겠어요. 출발 전에 모든
준비를 완벽하게 마쳐서 여행을 아름답게 만들 거예요. 해야
하는 모든 일들을 끝마치지 못하고 떠나서 금방 돌아와야 하는
상태로 그곳에 도착하고 싶지는 않아요."

여행은 일이다. 휴가는 더이상 해변에 누워 책을 읽거나,
느긋하게 온몸으로 햇살을 쬐는 것을 의미하지 않는다. 이제
휴가는 진정한 휴식을 의미하지 않는 것이다. 휴가는 잠깐
쉬는 틈의 개념이고, 여행은 휴식이 빠진 학업의 개념이다.

쉬는 '틈'은 공들여 준비한 휴가이기 때문에 계획부터
치밀해야 한다. 엄청난 연구 정신과 의지가 필요하며, 일할
때와 마찬가지로 힘과 마음을 쏟아야 한다. 누군가 인도에
가서 휴가를 보내기로 계획했다는 것은 그곳에서 빈둥거리고
돌아다니거나 차를 마시고, 멍하니 시간을 보내고 돌아온다는
뜻이 아니다. 그렇다고 여행자를 매혹시키는 이국적인
정취에만 빠져 있다 온다는 의미도 아니다. 여행자는 정해진
휴가 기간 내에 그가 오랫동안 기대해온 '기이한 경험'을
해보고자 한다. 여행자는 매분 매초마다 경이로움이 가득한
시간을 보내고 싶어한다. 교육적 가치가 없을지라도 오락적
효과가 있기를 바란다. 인도에 간 이상, 라자스탄의
라지푸트 왕국에 왜 들르지 않겠는가? 호숫가를 느린
걸음으로 거니는 야생 호랑이를 가까운 거리에서 볼 수 있는
기회를 왜 잡지 않겠는가? 헬리콥터를 타고 히말라야 산에
가서 공중 스키를 타는 경험을 왜 하지 않겠는가? 이런
위대하고 낭만적인 여행을 생각한다면 당연히 사전에
치밀하게 계획을 세워야 한다. 이때는 여행사, 호텔, 현지
가이드, 교통편 등 외부의 전문적인 도움을 받아야 비로소
원만하게 계획을 완성할 수 있다. 휴가는 휴식이 아니라,
노동이다.

사람들은 적극적으로 휴가를 계획하기 시작한다. 우리는 점점 스스로의 생활과 관련 있는 것들을 통제할 수 없어진다. 미국학자 리처드 세넷이 지적한 것처럼 과학과 경제의 발전은 생활의 '서사성'을 사라지게 했다. 서사성은 '연속적인 감정'을 뜻한다. 사물들은 유기적으로 구성되어 있고, 서로 연결되어 있어 양분을 흡수하고 번식한다. 생명이 있는 모든 존재들은 그 내력을 찾아낼 수 있고, 그 사이에 인과관계 또한 존재한다. 새로운 세기에서 생활이란 짧게 이어져 뚝뚝 끊기고 얼버무려진 문장과 같지, 앞뒤가 연결되어 순서가 완전한 책과는 다르다.

현대의 경제체제 안에서 업무가 가진 변수는 인간관계에 큰 영향을 끼친다. 해고, 이직, 전업 등을 이유로 사람들의 역할은 수시로 변동되기 때문에 장기적인 관계를 맺기가 어렵다. 그런 상황에서 생활은 더이상 안정되거나 평범할 수 없고, 지속될 수 없다. 그래서 외려 사적인 영역에 속하는 휴가는 사람들이 통제할 수 있는 몇 안 되는 것이 되어버렸다.

휴가는 점점 더 업무를 닮아간다. 동시에 사람들의 직업 생애는 갈수록 여행 같아진다. 우리는 업무적인 관광객이다.

항공 마일리지를 적립하듯 이번 일부터 다음 일까지 업무 경력을 쌓는다. 멀리 비행할수록 마일리지가 많이 쌓이고, 이력서는 화려해진다.

현대인에게는 유동하는 것이 곧 우위를 점하는 것이다. 예전에는 젊은 견습생이 제빵사가 되려면 한 제과점에서 평생 동안 빵 만드는 법을 배워야 했다. 하지만 요즘은 제빵 기계 버튼을 누르는 법만 알면 웬만한 작업이 가능하기에 고된 훈련이 필요하지 않다. 때문에 젊은 사람들은 종종 단기 아르바이트를 할 뿐이다. 택시 운전사, 레스토랑 종업원, 증권 회사 직원, 방송 기자, 안경점 직원, 광고홍보 담당자……실제로 많은 사람들이 당신에게 이렇게 말할 것이다. "저는 평생 이 일만 해서 먹고살지는 않을 거예요." 이 단계는 다음 단계가 찾아오기 전에 겪는 과도기에 불과한 셈이다.

고정은 제한되는 것이고, 정체는 수치스러운 것이다. 반면 이동은 새로운 동기가 끊임없이 계속되는 것을 뜻한다. 이동은 가치 있게 인생을 추구하는 방법이다. 목적지는 중요하지 않다. 중요한 것은 떠나는 것이다. 현대인은 지도를 갖고 있지 않고 말로 표현할 수 없는 막연한 생각만 마음속에 품고 있을 뿐이다. 나는 여행을 갈 것이다. 바로 내일.

1770년대에 영국의 철학자 루소는 현대인의 주요 특징을
유동성流動性이라고 예견했다. 사람의 생명은 깊은 함의를
갖고 있고, 통상적으로 한곳에 오래 머문다. 한 무리의
사람들이 함께 일하면서 생활하고, 점차 사회 발전과도 밀접한
연속적인 관계를 맺고, 정신적으로 서로를 지지한다. 하지만
유동성은 막을 수 없는 시대적 조류다. 사람들에게 유동성은
강렬한 유혹으로 작용하고 있다. 흥미나 새로운 것에 대한
갈망 때문이 아니라 경제적인 이유가 더 크고, 유동성을
허용하는 시장이 통상적으로 좀더 효율적인 시장이기
때문이다. 사람들은 돈을 위해 이동하기를 원하며, 경제적
자극이 있는 곳을 향해 바로 몸을 움직인다.

여행은 여전히 '새로운' 것에 대한 사람들의 동경을
만족시켜준다. 우리가 사는 세계는 우리에게 끊임없이 새로운
사물을 추구할 것을 권한다. 예를 들어 새로운 스타일의 옷,
새로운 영화나 새로운 식당 등이 그렇다. 우리는 오랫동안
같은 사무실에 앉아 같은 일을 할 수가 없어서 일을 바꾼다.
누군가 그 유혹을 극복할 수 있다면, 그는 오랫동안 한곳에

정성을 들인다는 사실만으로도 신임을 얻게 된다.
경험과 인맥은 앞으로 그에게 실질적인 수확을 가져다줄
것이다. 하지만 사람들은 여전히 그들의 일을 떠난다. 새로운
사물을 체험하고 새로운 얼굴을 알아가고 새로운 자아를
만들고 싶어한다.

같은 일을 하는 것은 부끄러운 것이 아니다. 규칙적이고
변화가 없는 일은 슬픈 일이 아니다. 그러나 산업시대로
들어서면서 이런 개념은 점점 받아들여지지 않았다. 만약
당신이 사람이라면 단조롭고 반복되는 일을 해서는 안 된다.
그것은 기계의 일이기 때문이다. 우리는 끊임없이 한 가지
일을 반복하는 것을 싫어한다. 정말 무료할 때면 생명을
낭비한다고 표현한다. 만일 우리가 며칠 동안 똑같은 식당에서
밥을 먹으며 쉰다면 곧 싫증을 낼 것이다. 만일 우리가
한 도시에서만 너무 오랫동안 살았다면, 도망치고 싶어할
것이다. 우리는 정착할 수가 없는 사람들이다. 여행은
끊임없이 우리 마음속에서 요동치는 그것을 만족시키기 위해
존재한다. 우리는 순조롭게 여행할 수 있는 가능성을
실현하기 위해 열심히 일하고 업무를 분배한다.

마침내 여정에 올랐을 때, 우리는 오히려 마음이 가볍지
않다는 사실을 발견한다. 급히 휴대전화 전원을 켜고,
머물러야 하는 호텔 주소를 제대로 받아 적었는지를
걱정을 한다. 여행중에도 우리는 계속 일을 한다.

우리는 어떻게 여행을 할 수 있는가?

———

누군가는 '여행이 지나치게 많은 시대'라고 말했다. 여행은
쉽고, 편안한, 자주 할 수 있는 당연한 것으로 변했다. 누군가는
여행은 이미 죽었다고 선고했다. 여행자가 처음 발을 내딛는
낯선 땅은 언제나 여행하기 가장 좋은 나라다. 그 나라는
바깥세상의 방해를 받지 않고 자신들의 생활 방식에 따라
살아가기 때문에, 여행자의 구미를 맞추거나 상대방의
호주머니에서 나오는 돈을 버는 방법을 모른다. 여행자는
아직 그곳에서 자신의 여행 체계를 구상할 기회조차 갖지
못했다.

홍콩 중환中環에는 이오 밍 페이[17]가 설계한 중국은행
타워Bank of China Tower와 노먼 포스터[18]가 설계한 홍콩 상하이

———

17 Ieoh Ming Pei. 이름의 이니셜인 I. M. Pei로 잘 알려진
     중국계 미국인 건축가. (편집자)
18 Norman Foster. 영국의 건축가. 베이징 공항, 독일
     연방의회 의사당, 뉴욕의 허스트 타워 등을 설계했다.
     (편집자)

은행Hongkong and Shanghai Bank, HSBC의 본사 건물이 인접해 있다.
여행자는 시멘트로 만들어진 광장을 밟고 서서, 두 개의
지하철 출구와 예스러운 법원 건물을 바라보며 바다 냄새를
맡고 있다. 하지만 아직 빅토리아 항구는 찾지 못했다.
"거룻배와 돛단배는 어디로 갔을까?" 실망한 여행자가 물었다.

여행자는 홍콩 남서부에 위치한 항구도시인 애버딘Aberdeen에
가 있다. 70홍콩달러를 지불하면 사공이 당신을 배에 싣고
항만을 한 바퀴 돌아준다. 시간은 길어야 20분 정도. 만일
당신이 제대로 된 해산물 요리를 먹고 싶어한다면, 해산물을
판매하는 놀잇배에 당신을 내려줄 것이다. 그 배는 금색과
붉은색으로 화려하게 장식되어 있어 여행자가 옛 중국에 대해
품고 있던 상상까지 만족시켜준다.

문화는 여행자의 가장 새로운 해방구가 되었다. 여행자가
두 번 다시는 신대륙이나 섬에 자신의 이름을 붙일 수 없고,
천체를 발견하는 것이 소수의 엘리트 과학자에게만 귀속된
특권이 되었을 때, 사람들은 문화에 대해 토론하기 시작한다.
생태 여행, 문화 여행, 민속 여행 등 새로운 개념이 제기되고,
궁지에 빠진 21세기 여행자들은 새로운 살길을 찾는다.

당신은 이스라엘의 농장에 가서 3개월 동안 생활할 수 있다.
비행기 티켓까지 포함해서 약 3천 달러면 가능하다. 단체
비용으로 9천 7백 달러 정도가 있으면 독일 남부에 위치한
바바리아 농촌에서 여름을 보낼 수도 있다. 영국 옥스포드
대학에서 반 년 동안 공부를 하고 싶다면 등록비와 생활비까지
대략 4만 달러가 있으면 된다. 중국 허난성에 있는 소림사에서
무술을 연마하고 싶으면 한 달에 6백 달러 정도가 있으면 되고,
뉴욕 이스트빌리지East Village 극단에서 공부하고 싶다면 2개월
과정에 3천 달러를 지불하면 된다. 일본 교토에 있는
온천 호텔에서 기모노를 입고 게다를 신으며 머물러보고
싶다면 하룻밤에 150달러가 필요하다.

체게바라가 당시 기관차 노선을 따라 라틴 아메리카를 알게
된 것처럼, 당신도 어니스트 헤밍웨이가 파리에서 하릴없이
머물렀던 곳을 방문할 수 있고, 알렉산더 대왕이 제국의 영역을
확장한 흔적을 따라 마케도니아를 여행할 수 있고, 남중국해의
한 섬에 누워 무라카미 하루키의 소설에서 등장했던
재즈 음악을 들을 수도 있다.

현대 여행 시스템에서 문화 경험은 하나의 '상품'이다. 문화는

여행자의 발에 신겨져 뭐든지 밟을 수 있는 운동화다.

복제하고, 생산하고, 꺼내어 공개적으로 전시하고, 값을 매겨 이국의 정취를 상상하는 사람들에게 판매할 수 있다. 옛날을 그리워하는 여행자는 과거의 황금시대를 슬프게 회상한다. 그때엔 어떤 사물이라도 '문화'라는 두 글자를 쓰고 있다. 그것들은 값을 헤아릴 수 없고, 고귀하고, 독특해서 얕잡아볼 수 없었다. 하지만 모든 여행자의 황금시대가 이미 지나가버렸듯, 모든 전설 속에 나오는 황금시대는 모두 지나갔다. 현대의 여행자는 뒤늦게, 오직 타락한 이후의 세계만을 마주할 뿐이고, 오늘날의 문화 여행이 어떻게 레비스트로스C. Lévi-Strauss의 최대 악몽이 되었는지도 알 수 있다.

기계의 시대에서 문화 경험은 수차례 복제될 수 있다. 문화는 오랜 시간 동안 천천히 진화하고, 경험을 나누고 전수하기 때문에 한 민족과 많은 세대의 생명을 필요로 한다. 현대의 자본과 기술은 문화 배경으로 하여금 쉽고 빠르게 등장해서 대량생산되는 것을 가능하게 만들었다.

어떤 면에서 당신은 여행을 영화와 같다고 표현할 수 있을

것이다. 만일 20세기 말의 할리우드에서 로마제국 시대에
관한 영화를 만들기 위해 로마 경기장을 다시 짓고, 수많은
당대 의복들을 만들고, 로마 전차 무기를 제조해낼 수 있다면,
이런 기술은 여행에도 그대로 접목될 수 있다. 타이베이의
화시지에華西街 야시장, 싱가포르의 항구 관광 구역, 도쿄의
벼락신 거리는 인위적으로 계획 조성되었다. 그곳에선
옛 문화가 깃들어 있는 음식과 물건, 기념품 등을 판매하며
옛 시대의 분위기를 물씬 풍기고 있다.

많은 도시들이 문화를 보존하는 이유는 전통을 지키려는
이유뿐만 아니라, 경제적인 이유가 크다. 문화는 한 도시
최대의 관광자원이기 때문이다. 얼마만큼 문화가 풍부한지,
역사가 얼마나 오래되었는지, 이 문화가 다른 문화와 어떻게
다른지를 강조하고, 다양한 문화를 융합하는 것이 도시 관광의
새로운 추세다. 싱가포르를 걷는 것은 디즈니랜드 세계관을
걷는 것과 같다. 문화를 주제로 한 장소에는 인도식 사원과
중국식 절이 함께 전시되어 있고, 몇 골목만 지나면 영국
식민지 분위기가 풍기는 오래된 여관이 등장하고, 이내
여행자는 이슬람풍의 아라비아 거리에 도착하게 된다. 문화는
샘플처럼 거리와 골목에 전시되어 있다. 싱가포르의

283

여행 광고 문구는 이렇다.

"싱가포르, 미래 동아시아 문화는 당신의 손 안에 있습니다."

사람들이 여행에 대해 갖는 갈망은 영화를 통해 얻는 흥미와
같다. 관객들은 짧은 시간 안에 시공의 착각을 빌려 신기한
경험을 얻기를 바란다. 대중이 그 시공간이 허구라는 사실을
정확히 이해한다고 해도, 여행에 대한 대중의 기대는 교육에
대한 요구나 지식을 추구하는 것에서 나오지 않는다.
오락으로부터 나온다. 영화평론가는 영화를 하나의 예술로
바라본다는 점에서 관객과 다르다. 그들은 영화의 형식을
중시하고 영화가 갖는 의미에 치중한다. 또 모든 영화가
그것만의 독창성을 갖기를 바란다. 관객도 영화평론가가
이야기하는 이런 요구들을 의식하긴 하지만, 대부분의 시간
동안 영화는 관객에게 오락거리일 뿐이었다.

현대 관객들은 오락거리를 원할 뿐만 아니라, 오락에 대한
어떤 환상을 갖고 그들의 오락 경험이 더 풍부해지기를
바란다. 결국 관객은 영화를 볼 뿐만 아니라, 영화의 형식과
내용까지 지정하게 되는 것이다. 첩보영화, 문예영화,
액션영화…… 관객은 그들이 보고 싶어하는

연예인이나 시대적 배경, 줄거리, 결말을 볼 수 있으며,
이는 아주 중요한 문제이다. 관객은 영화관에 들어가면서
무엇을 볼 것인지를 예상한다. 그 기대 심리를 충족시키기
위해 표를 사고 극장에 들어간다. 만일 그것이 관객이 원하는
방식에 부합되지 않는다면 관객들은 실망하고 분노할 것이다.
환불을 요구할지도 모르는 일이다.

이것은 모든 관광객이 뉴욕에 가면 반드시 브로드웨이에
가서 뮤지컬을 보고, 파리 샹젤리제 거리 노천 카페에서
커피를 마시며, 일본 하코네에서는 반드시 온천에 가고,
로마에 가서는 소원을 빌고 연못에 동전을 던지는 이유가
된다. 이런 행위 자체가 일종의 문화 의식인 것이다. 이런
의식들을 수행하지 않았다면 여행은 완성되지 않은 것과 같다.
마치 액션영화에 폭발 장면이 없고 자동차 추격 장면이 없고
격렬하게 싸우는 장면이 없다면, 관객은 아무것도 본 게
없다고 느끼는 것처럼 말이다.

문화 복제는 여행자의 사진첩에서 그 증거를 찾을 수 있다.
모든 여행객이 로마의 트레비 분수에서 사람같이 생긴 사자
머리 조각상에 자신의 손을 집어넣고는, 사자에게 물린 것처럼

입을 크게 벌려 놀란 모습을 하고 사진을 찍는다. 피사의
사탑에서는 자신과 기울어진 탑 사이의 거리를 조절해 마치
자신이 한 손으로 쓰러져가는 종탑을 부축하는 것처럼 보이게
하고 사진을 찍는다. 인기 있는 관광 명소에서 공통적으로
볼 수 있는 모습이 있다. 바로 다른 여행객이 기념사진을 찍을
때, 또다른 여행객은 조용히 옆에서 기다렸다가 앞사람이
사진을 다 찍고 나면 같은 위치에 가서 똑같은 배경으로
사진을 찍는 모습이다.

여행은 한 편의 영화와 같아서 여행자는 주인공이 된다.
그래서 우리가 감상하는 대상은 여행길에서 만난 풍경이나
마음이 아니라 자기 자신이다. 타국의 풍경은 영화에 등장하는
배경에 지나지 않는다. 카메라와 비디오는 갈수록 가벼워져
휴대하기 좋아졌고, 가격도 저렴해졌다. 덕분에 우리는 길을
거닐면서 만나는 풍경을 기록하고, 관찰하면서 새로운 환경과
교감한다. 여행에서 돌아와서는 그 화면을 편집해서 다른
사람들과 함께 감상한다. 이런 행위를 통해서 여행은 더
'사유화私有化'된다. 뉴욕은 더이상 뉴욕이 아니고, 파리도
더이상 파리가 아니다. 도쿄 또한 더이상 도쿄가 아니다.
'나의' 뉴욕, '나의' 파리, '나의' 도쿄다. 이는 이 시대의

여행서가 대량으로 쓰이고 복제되면서도 전에 없이
평가절하되고 있는 이유를 설명해준다. 모든 사람들은 여행을
할 수 있고, 사적이고 은밀한 감상을 할 수 있다. 여행에서
돌아오는 모든 여행자들이 자신만의 이야기를 늘어놓을
것이다. 이런 시대에 여행 사진은 점점 결혼식 사진과 신생아
사진처럼 귀중한 특징을 지니게 되었다. 삶에서 그 무엇과도
바꿀 수 없는 중요한 자리를 차지하게 된 것이다. 하지만 기계화
시대에 대량생산된 물건같이 무엇인가가 일단 많아지면,
더이상 귀하지 않게 된다. 결혼식 사진, 신생아 사진, 여행
사진을 전시할 때 당사자는 흥미진진하고, 생생하게 이야기를
늘어놓는다. 하지만 방문객은 예의 있게 참으면서, 틈틈이
시계를 보며 자리를 떠날 기회를 찾는다.

여행과 모험은 낭만이라는 것에 연결되어 삶에 밀접해 있기
때문에 평범한 사람 누구라도 향유할 수 있다. 대부분의
사람들은 한곳에서 태어나 성장하고 늙어 죽고, 소수의
사람들만이 낯선 풍습이 있는 땅으로 눈을 돌릴 수 있었다.
하지만 그런 시대는 이미 지나갔다. 새로운 시대에는
타이베이부터 뉴욕까지 열여덟 시간이면 닿을 수 있고, 비행기
티켓도 3만 5천 타이완달러면 살 수 있다. 이 액수의 돈을 갖고

있거나 지불한 사람이라면 누구든 뉴욕으로 갈 수 있고, 새로운
관점으로 여행할 수 있다는 뜻이다. 자신의 여행 이야기만
전문적으로 쓴 책은 거의 없다.

경험은 한 개체의 존재와 긴밀하게 연결되어 있다. 모든 존재는
유일하며, 모든 여행은 반드시 대체할 것이 없어야 한다. 중요한
것은 밀라노 여행이 아니라, '나의 밀라노 여행'이다.
어느 해, 몇 월, 며칠, 그때의 '나'인 것이다. 지금 밀라노 거리의
공기는 그때와 확연히 다르다. '나'는 아직도 기억하고 있다.
그때의 빗물은 달콤했다.

마치 노래방 기계가 발명되고 유행했던 것과 같다. 과거에는
수동적으로 음악을 소비하기만 했던 대중들이 더이상 무대
아래에서 공연을 감상하는 것에 만족하지 않기 시작했다. 조명
장치 등 노래방 설비를 통해 대중은 무대 위에 새로이 나타났다.
이때 무대 위로 등장한 것은 덩리쥔[19]이나 마이클 잭슨이

---

19 鄧麗君 . 1970~1990년대에 타이완 · 일본 · 홍콩
     등지에서 활동하며 큰 인기를 누렸던 타이완 출신
     여가수로 〈티엔미미甜蜜蜜〉, 〈예라이샹夜來香〉 등
     수많은 히트곡을 남겼다. 우리나라에서는 '등려군'으로
     잘 알려져 있다. (편집자)

아니라 자기 자신이다. 자신의 노래에 만족한 경우, 목소리를 레코드에 녹음해서 친구에게 보낼 수 있고 친구가 개업한 식당이나 서점에 두고 판매할 수도 있다. 대중이 상업적인 편집 과정을 거치지 않고 언더그라운드 가수가 된 셈이다.

대중은 우매하고 세속적이기 때문에 상업 시스템 안에 빠지고도 스스로 알지 못하는 것이 당연하다고 이야기할 수도 있다. 대중은 매일 매체와 광고의 최면에 걸려 있기 때문에 이런 행동들이 창의적이고 새로운 존재 방식을 보여주는 것이라 오해할 수도 있지만, 사실 그들의 행위는 상인이 제공하는 상품을 소비하는 것에 지나지 않는다고 말할 수도 있다. 이런 설명은 캐나다 사람은 너무 착해서 개성 있게 표현하지 못한다는 주장과 같은 이치이지만, 이 자체도 이미 문화적 견해가 되었다.

내가 궁금한 점은 개개인의 인성이 어떻게 상품으로 변했는가 하는 점이고, 그중에서도 사람들의 자아 선택권이 어떻게 효과를 발휘했는가 하는 점이다.

그래서 또다시 존재의 문제로 돌아왔다. 당신은 스스로가 세상에 하나밖에 없는 개체라는 사실을 알고 있다. 하지만 동시에 당신 한 사람이 사라진다고 해도 우주는 아무 일 없이 잘 돌아갈 것이라는 사실 또한 잘 알고 있다. 대부분의 사람은 운명 때문에, 혹은 용기가 부족하기 때문에, 출신 제한을 받기 때문에 스스로를 위대한 존재로 확장시키지 못한다. 당신의 출생이 세상에서 없어서는 안 되는 아주 중요한 사건임을 증명하는 일은, 모든 사람들이 '어떤 존재'로 변하고자 노력할 수 있도록 부추기는 힘이 된다. 아마도 돈을 많이 벌려고 노력하거나 세상에 이름을 알리려고 할 것이며, 불같이 뜨거운 사랑에 빠지려 할 것이다. 혹은 아무것도 해내지 못했을 때, 노래방에 가서 5백 타이완달러를 지불하고 한 시간 동안 노래를 부르며 혼자만의 덩리쥔이 된다. '나'라는 존재는 기계 복제 환경 속에서 다른 신분을 빌려, 현실 생활에서 좌절된 자아를 실현시킬 수 있는 것이다. 나는 나일뿐만 아니라, 내가 원하는 사람이 될 수 있다.

모든 열여덟 살 소녀들은 로마의 트레비 분수 앞에 가볼 것이고, 진실의 입 안에 수줍게 자신의 손을 집어넣어볼 것이다. 그들 중 80퍼센트 정도는 영화 〈로마의 휴일〉과 오드리 헵번을 떠올렸을 테다. 그 순간 소녀들은 오드리 헵번이고, 공주인

것이다. 그때 소녀들의 로마에는 환상적인 색깔이
덧칠해진다. 훗날 소녀가 결혼을 할 때에도, 그녀가 고용한
사진사는 그녀를 카메라 앞에 있는 유일한 연예인으로 여길
것이고, 그녀가 주인공인 비디오테이프를 내놓을 것이다.
이렇게 비디오테이프는 소녀의 존재를 증명해낸다.

기계의 복제 능력은 모든 사람들을 예전에 한 번쯤 읽어본
듯한 이야기의 주인공으로 만들었다. 문화의 아름다운 색채
역시 여행 이야기에 가치를 더했다. 바이류쑤[20]의 사랑을
위해서 도시가 무너졌고, 문화는 여행자의 여행을 위한 토대가
되었다. 군왕의 타락, 공주의 사랑, 가족의 흥망, 제국의 패권
그리고 많은 사람들의 재물, 풍류, 피와 눈물, 재능 등이 배후의
보따리 안에 담겨 여행자의 편집을 통해 재미있는
여행 이야기로 만들어진다.

유감스러운 것은 기계 복제 시대의 문화 여행은 고흐의
〈해바라기〉가 그려진 엽서 같아서, 사람들은 그리스 길거리

---

20 白流蘇. 장아이링張愛玲의 소설 『경성지련傾城之戀』
    속 여주인공. (옮긴이)

행상에서 파는 모조 골동품이나 인도 사람들이 만들어낸 고대
시타르를 사고도 기뻐한다는 점이다. 하지만 누군가는
당신에게 다가와 알려줄 것이다. 그 물건은 아무런 가치가
없다고. 그 물건들의 유일한 용도는 약으로도 고칠 수 없는
당신의 안목과 대중 상업 시스템은 곳곳에 존재한다는 걸
증명하는 것이다.

그러나 기계 시대 안에서 문화와 여행자의 관계는 반드시
반복되며, 독창성이 없고, 허구적이고, 값싸며, 세속적이다.

단 한 가지 기쁜 점은, 이런 사실을 당신에게 알려준 사람 역시
세속적인 운명에서 벗어나지 못할 것이라는 점이다. 이 시대는
당신의 시대일 뿐만 아니라 그들의 시대이자, 우리 모두의
시대이기 때문이다.

갠지스 강의 햇살

—

내가 갠지스 강변에 서 있었을 때, 많은 사람들이 태양이
내뿜는 첫 햇살을 기다렸다. 태어났을 때부터 나와 함께해온
고독은 부드러운 여명과 함께 드넓은 수면 위로 사라졌다.
강물은 유유히 흘렀다. 나는 그제야 행복을 만드는 것 자체가
한 사람이 세상에 태어난 이유가 될 수 있다는 사실을
깨달았다. 행복을 갈망하고 추구하는 것은 단지 자기 몸의
즐거움을 위한 것이지 어떤 목적을 위한 것이 아니다.

한 사람의 탄생은 자신을 위한 것이 아니라 이 세상을 위한
것이다.

1950년대, 헤밍웨이는 친구에게 "만일 너에게 행운이 있다면
젊을 때 파리에서 살게 될 거야. 그리고 남은 생애 동안에는
네가 어디에서 생활하든지 파리가 항상 너를 따라다닐 거야.
왜냐하면 파리는 유동流動하는 것들의 모임장과 같기
때문이지" 하고 말했다. 나 자신의 행운을 뽑아보자면, 인도를
보았던 것이다. 나는 아직 젊었고 영혼에는 커다란 공백이

있었다. 인도를 내 안에 들어오게 하자, 생명에 대해 가지고
있던 나의 이해는 송두리째 바뀌었다. 그다음부터 인도는 내가
어디를 가든지 항상 나를 따라다녔다. 헤밍웨이의 파리를 다시
방문하는 날이 온다고 해도, 내가 등에 멘 배낭에는 언제나
갠지스 강의 아침 햇살이 들어 있을 것이다.

나는 현장玄奘[21]이 아니어서 불경을 구하러 갈 마음이 없었고,
영국 해군도 아니어서 자원을 빼앗으려는 상상도 하지 않았다.
나는 인도에 몇 번 가보았다. 언제나 바람이 부는 대로 발길을
옮기는 평범한 관광객 신분이었고, 특별한 생각은 없었다.
비행기에서 내리자마자 인도 특유의 향기가 코끝을 스쳤고,
이른바 '영혼'이라 불리는 것이 몸 안에서 강렬하게 흔들리고
있는 것이 느껴졌다. 그 흔들림은 오랫동안 쉬지 않고
느껴졌다. 여행이 끝나 집으로 돌아와 욕조에 누워 있어도
여전히 멀미하는 것 같았다.

---

21 중국 당나라의 고승高僧으로 인도로 떠나 나란다 사원에
들어가 계현(戒賢:시라바드라) 밑에서 불교 연구에
힘썼다. 이후 중국으로 돌아와 인도 여행기인
『대당서역기大唐西域記』를 저술하였다. (옮긴이)

여행지로 유명한 바라나시Varanasi에 도착했을 때, 좁고 굽은
골목에서 영원히 방황할 것만 같은 히피들을 보았고, 나는
그들의 광기를 조금씩 이해하기 시작했다. 그렇지만 여전히
그 광기가 얼마나 진실한 것인지에 대해서는 알지 못했다.
다음날 새벽까지 말이다. 다음날 새벽, 많은 사람들이 서 있는
갠지스 강 섬돌 위에 서서 찬란하게 솟아오르는 태양을
바라보았다. 어제 해가 지기 전, 갠지스 강은 사람들이 가득
싣고 온 세상의 온갖 슬픔과 더러움으로 오염되었지만,
고요하게 새벽빛이 비추는 순간, 깨끗하고 순수한 빛이
수면 위에서 진주처럼 찬란하게 빛나고 있었다.

사람들은 강으로 들어가 몸에 물을 적시면서 모든 유감,
후회, 고통, 사악함을 비워냈다. 우리는 우리가 증오하는
세계 속에서 인생을 살아가지만, 갠지스 강에 몸을 씻는
단순한 행위를 통해 다시 인생을 살아갈 수 있는 기회를 쉽게
부여 받았다. 까마귀가 하늘을 빙빙 돌며 화장터의 불꽃에도
아직 완전히 사라지지 않은 시신을 기다렸다. 그때 나는,
인생이란 매일 끊임없이 반복되는 과정에 지나지 않는다는
것을 깨달았다.

파리는 헤밍웨이에게 일생 동안 낭만을 꿈꾸게 했고,
바라나시는 나에게 인생의 끝에도 여전히 희망적인 용기가
가득할 수 있음을 보여주었다.

여행의 끝

———

당신은 여행을 하는 어느 순간, 다시는 익숙한 세계로 돌아갈
수 없을지도 모른다는 생각을 할 것이다.

당신은 적의를 보이지 않았던 곳 혹은 낯선 환경과 주변,
아름다움과 추함처럼 당신과 아무런 관계가 없는 곳에
남겨질지도 모른다고 생각한다.

당신은 버려졌음을 알고 있다. 여행하는 동안 다 사용했거나
쓸데없이 짐이 되는 물건을 버렸던 것과 똑같다. 어느
도시에서 그것을 버렸는지 기억하지 못한다. 설사 도시의
이름이 떠올랐다고 하더라도, 다시 찾아올 방법은 없다.

여정은 계속된다. 당신은 무게를 가늠할 수 없는 모퉁이에서
멈추어 서서 조용히 자취를 감춘다.

이상한 점은 이런 일로 가슴 아프고 두려워해야 할 순간,
내 마음은 오히려 편안함을 느낀다는 점이다.

"잠깐만 기다려." 그가 말했다. 그래서 나는 넓은 하늘 아래에 서 있다. 밥 짓는 연기가 모락모락 피어나는 집도 보이지 않고, 끝없이 펼쳐진 옥수수밭 사이로 황금색 해바라기가 뒤섞인 곳에서. 바람은 조용하다. 구름은 아주 높게 떠 있다.

두 팔을 벌리고, 눈을 감는다. 지나간 모든 일들이 무거운 여행 가방 같다. 등에 메고 있는 여행 가방은 나를 따라 끝까지 왔다. 이제 그것들을 등에서 내려놓는 중이다.

후기

자유, 독립, 여행 그리고 여행자

내가 신문에 여행 이야기를 싣기 시작했을 때, 일부 독자들은
내가 정치적으로 중립적이고 냉소적인 사람일 것이라
생각했다. 내가 '국경'과 '떠나는 것'에 대해 이야기했고, 지금
유행하고 있는 '여행의 관념'에 대해 의구심을 보였으며,
여행 시장에서 '문화'가 점점 쇼윈도화되고 있다고
비판했으며, 여행이 세속적인 상품이 되었다고 생각하면서도
상업화 추세에 대해서는 조금의 반대도 하지 않았기
때문이었다.

나를 오해하는 평가에 대해서는 마음이 아프지만, 그것들은
이미 습관이 되었다. 습관이 되어서는 안 되는 지경까지
습관이 되어버린 셈이다. 나는 여태까지 스스로를
'정치적으로 중립적인' 사람이라고 여겨왔다. 내가 받아온
교육, 공부했던 학교, 성장했던 사회의 환경, 읽어온 책들,

교제하는 친구들은 나를 여러 각도에서 훈련시켰고,
그 훈련은 보이지 않는 구속이 되었다. 많은 말들이 입에서
맴돈다. 나는 그것들이 나오기 전에 머릿속으로 부정하고
또 부정한다. 왜냐하면 나는 주류문화와 어울리지 않게
이야기하는 법을 잘 알고 있기 때문이다.

그동안 상상해온 여정을 과감하게 전개하기로 했다. 이른바
'정치적 중립'이라는 것 역시 현대사회에 사상적 기반을
깔아놓는 것이라 생각하기 때문이다. 인류는 이런 사상적
기초에서 어떻게 지속적으로 깊이 있는 생각을 쌓고
정교하게 만들 것인가를 반드시 생각해보아야 한다. 하지만
그런 격정적인 사고를 현실에서 어떻게 실천하는가는 매우
곤란한 문제이다. 그러나 반드시 시도해야 할 일이다. 사상이
커간다는 것은 하나의 '관점'이자 지금 말하는 '정치적
중립'인데, 우리는 어떻게 지금의 사상에 대해 크게 만족하지
않고, 스스로와 이전의 철학에 도전할 수 있을 것인가?
우리는 어떻게 세계를 보는 각도를 조정할 수 있을 것인가?
우리는 어떻게 창의적인 해석을 다시 내놓을 수 있을
것인가? 이 모든 문제에 대한 답을 찾아가는 것은 당대를
살아가는 모든 사람들에게 주어진 의무다.

오늘날의 '정치 중립'은 지난날의 '정치 중립'에 대한
도전이고, 새로운 사상이 누적되어 만들어진 것이다. 만일
갈릴레이가 당시 로마 교황청에 도전하지 않았고, 당시
사람들이 귀족 권력의 합리성에 대해 의문을 품지 않았고,
여자들이 스스로 '제2의 성'이라는 말에 만족했다면, 오늘날
우리는 여전히 봉건사회에서 살고 있었을 것이다. 지구가
사각형이라고 믿고, 끝없는 여행을 하면서 세상의
가장자리와 마주하고, 연옥의 나락으로 떨어질 것이다.
여자의 몸으로 태어난 나는 아마 전족을 하고 있었을 것이고,
여행을 떠나거나 컴퓨터 앞에 앉아 글을 쓰는 일 자체가
불가능했을 것이다. A부터 B까지, B부터 다시 C까지,
다시 C에서 D까지…… 끊임없이 이어지는 문명의 과정은
'나'라는 한 주체가 호기심을 갖고, 공부하고자 갈망하고,
탐색하고 싶어하는 대상이다.

그렇다. 이것이 바로 여행자의 정신인 것이다. 세계는
이렇게나 넓고, 여행자는 한 도시에 머무는 것을 만족하지
않는다. 여행자는 늘 앞으로 나아가고 싶어하고, 한 번도
가보지 않았던 도시에 가고자 한다. 높은 산을 오르고 나면
더 높은 산에 오르려고 한다. 지도에 표시되었거나 표시되지

않은 장소에서 강물이 바다로 흘러가는 것을 찾는다.

여행자는 열정으로 가득 차 있고, 무지하지만 용감하고,
미지의 것에 매료된 사람이다. 이 세상이 다양한 방식으로
여행자에게 제공한 모든 경이로운 것들을 받아들일 준비를
하고 있다. 그 어떠한 것이라도.

여행자는 발을 딛고 있는 새로운 장소가 새로운 시야를
가져온다고 믿는다. 여행자의 작은 우주에서 사물에 대한
지식을 이해한 후에도, 여전히 새로이 충격을 받고 전율을
느끼고 감격하고 감동하기를 바란다. 머릿속에 정해놓은
목적지에 도착하기 전까지 여행자는 영원히 쉬지 않고 계속
걸어간다. 이런 동기는 여행자가 당연하다고 여기는 기존의
지식들 앞에서, 무지하지만 완고한 한 마리 산양처럼 힘을
행사한다. 설사 마주하고 있는 것이 단단한 돌담인 것을
알지라도, 여행자는 머리 위에 자란 단단한 산양의 뿔로
대담하게 돌담을 향해 돌진할 것이다.

새로운 시대의 여행자는 이미 과도하게 해석되고, 드러나고,
탐색된 세계에서 출발해야 하는 운명이다. 보기만 해도
두려움이 느껴지는 옛 여행자의 지식 경험을 마주하고,

재미있는 사상으로 둘러싸인 이 시대의 여행자는
사치스럽게도 자신에게는 새로운 세계를 볼 수 있는 행운이
있을 것이라고 기대한다.

지금까지의 여행에서 나는 선대 여행자가 걸어온 길을
반복해서 따라왔다. 하지만 나는 내가 안전하게 목적지에
도착할 수 있는지의 여부에 관계없이 이미 돌아갈 수 없게 된
곳을 정확히 들여다보았다. 출발한 곳에서 너무 멀리
떨어져버린 여행자처럼, 그동안 걸어온 여정 속 풍경들은
내가 눈을 뜰 수 있게 해주었고, 그때 그곳에서 발생했던
일들이 내 사상을 바꿔놓았다. 원하든 원하지 않든 나는 이미
수동적으로 혹은 능동적으로 세례를 받은 것이다. 앞으로도
영원히 출발했던 지점에서처럼 천진한 눈빛으로 사물을
볼 수 없을 것이다. 나는 여전히 이전에 확신했던 도리들을
믿고 있지만, 사물을 보는 방법은 과거보다 더 심오해지고
복잡해졌다.

악마를 본 사람, 발을 잘못 디뎌 나락으로 떨어진 사람,
의지를 바꿀 수 없는 사람들은 하느님이 세상을 바라보는
방법을 새롭게 만들어줄 것이다.

스물두 살이었던 찰스 다윈은 영국의 해군 군함인
'비글호Beagle-號'를 타고 세계를 한 바퀴 돌았다. 4년 후
잉글랜드에 되돌아온 다윈은 예전처럼 고분고분하게
성경 앞에 서 있을 방법이 없었다. 그는 하느님이 엿새 동안
만들어낸 세계가 한 번의 홍수로 파괴되었을 때 노아의
방주에 머물러 있던 동물들만이 살아남았다는 이야기를
받아들였다. 다윈은 인류가 한 번쯤은 던졌던 "나는 어디에서
왔는가?"라는 질문을 해야 할 운명이었다. 그래서 그는
자신만의 방식으로, 마치 철학자가 철학을 통해서,
생물학자가 유전인자를 통해서, 신학자가 신학을 통해서,
문학가가 문학을 통해서, 예술가가 예술을 통해서 연구하듯
그가 생각하는 바를 조사하기 시작했다.

여행은 여행가로 하여금 한 걸음 더 나아가 세계를
이해하고자 하는 욕망을 불러일으킨다. 밀란 쿤데라가
묘사했던 것처럼 세상은 한 폭의 아름다운 그림과 같아서
갑자기 가운데 균열이 생겨나고, 그 틈을 통해서 당신은
또다른 세상에 존재하는 세상의 뒷면을 보게 된다. 당신이
평소에 볼 수 없고, 조금도 의식하지 못했던 또다른 세계가
존재한다. 눈앞에 펼쳐진 세계의 표면은 평온하고

안정적이며, 결점이 없고 아름다워서 당신의 시야를 가득
채웠다. 하지만 추악하고 무서운 틈은 표면적인 세상의
완전함을 파괴한다. 당신이 그동안 주의를 기울이지 않았던
정보들을 누설한다. 틈은 당신이 과거에 볼 수 있을 거라고
상상하지조차 못했던 것을 알 수 있게 한다. 틈은 당신이
존재하는 세계가 유일하지 않다는 것을 증명한다. 당신의
관점은 유일한 관점이 아니다. 당신이 독단적으로 정한
표준은 전 세계의 표준이 아니다. 당신이 안심하고 기대온
지식은 사실 아주 협소한 일부분에 불과하다.

모든 여행자는 기존 여행 규칙에 발이 묶인 사람들을
좋아하지 않는다. 여행자는 그들이 익숙하고 경직된
환경에서 빠져 나오기를 기대한다. 여행자는 어느 날
자기만의 '비글호'를 타고, 돛을 올리고 출항해서 세상에
대한 해석을 전개할 것이다.

멀리 떨어진 곳으로 여행을 하면 더욱 아름다운 사물을 볼 수
있고, 심오한 체험을 받아들일 수 있다. 여행자는 자신의
사상과 영혼이 더욱 깊어지고 감수성이 예민해지기를
기대한다. 하지만 반드시 정치적으로 편견이 있는 사람이

되기를 바라는 것은 아니다. '정치적 가치'는 가끔씩 변하는 것이고, 더 심층적인 '인생의 가치'는 시간, 역사, 국경과 다른 견해를 뛰어넘어 과거와 현재, 미래의 세상을 여행한 모든 사람들에게 공유되는 것이기 때문이다.

만일 선택을 해야 한다면, 나는 인생 위에 서 있는 아름다운 여행자가 되어 정치적인 편견을 갖지 않은 여행자가 되기를 선택할 것이다.

내가 여행의 가치를 높이 추앙하는 이유가 바로 여기 있다. 여행은 독립적으로 스스로를 부양하고 교육하고, 사상을 주입하여, 냉정한 방관자가 되어 개인적 사고를 할 수 있는 소중한 기회를 제공해준다. 여행은 여행자가 새장에서 벗어나 밖을 날며 자신이 줄곧 웅크리고 있던 빌딩의 외관이 어떠한지를 자세히 살펴보게 한다. 창문을 통해 사람들이 어떻게 생활하고 서로 사랑하는지를 관찰하게 한다. 건물 밖에 길게 걸쳐진 수도와 전선이 이 세상에서 어떻게 이어져 있고, 어떻게 작용하는지를 살펴보게 한다. 여행은 공존하고 배척하는 복잡한 관계.

여행은 내가 이론과 책, 교조주의 밖으로 나가 분명한
자기 사고를 가진 사람이 되도록 만들었다. 이는 줄곧 책이
준 지식에만 의지해온 책벌레에게 가장 중요하고 아름다운
사건이었다.

표상적인 세계 뒤에 존재하는 '다른 세계'를 본 후,
'또다른 세계'가 다른 세계 뒤로 숨었는지는 나도 알 수 없다.
하지만 이것이 바로 여행이 주는 자극이며 사람을
매료시키는 부분이다.

보잘 것 없는 여행자인 나는 그동안 여행했던 세계를
설명해낼 능력이 없다. 단지 다른 여행자와 마찬가지로
통찰하고, 기록하고, 이해하고, 참여해서 내가 본 세상을
사실적으로 묘사했을 뿐이다. 동적인 여행에서 정적인
시공간이 나왔으며, 나는 스스로가 기댈 수 있는 가치를
찾아다녔다. 마침내 진짜 여행자처럼 독립적으로 사고하는
'자유'를 지닐 수 있게 되었다. 하느님께 감사하다.

옮긴이의 글

——

경계를 넘나드는 사유를 꿈꾸다

——

인간은 휴식이나 재충전이 필요하다고 느낄 때 여행을
떠나고 싶어한다. 어떤 이는 자기존재의 불안을 느끼거나
새로운 자신을 발견하기 위해 과감히 여행을 떠나기도 한다.
잠시, 하던 일을 손에서 내려놓고, 익숙한 일상과 사람들을
벗어난다. 자기존재의 부재가 '정당한' 이유로 설명될 수 있는
것이 바로 여행이기 때문이다. 누구에게나 용납되고, 누구라도
꿈꾸는 그것.

그래서 인간은 늘 경계를 넘나드는 여행자가 되어 지도 위
낯선 곳을 지나는 상상을 한다.

명확하게 드러나지 않는 어떤 집단의 공간에서 빠져나와
오롯이 혼자만의 자유로움을 추구하고, 또는 여행이라는
공통분모 속에서 낯선 사람들과 '웃으면서 대답하지 않아도'

되는 말 없는 소통 구조를 이루기도 한다. 일상을 벗어난 여행자는 사람들이 꿈꾸는 낭만적인 도시, 범접할 수 없는 세련미와 도도함을 지닌 도시, 혹은 조금은 낙후되었지만 사람 사는 냄새가 물씬 풍기는 장소에 사뿐히 내려앉는다. 여행자와는 무관한 사람들이 살아가는 장소에서 그(녀)는 이방인이 된다. 굳이 그들의 삶에 틈입하려고 애쓰지도 않고, 그들 또한 이런 여행자를 이질적으로 느끼지 않는다.

여행자는 공간적·시간적 경계를 넘나들며 마음껏 자신만의 '심도心圖'를 채워나간다. 물리적 공간과 달리 굴곡과 깊이를 가늠할 수 없고, 내안에 깃든 타인까지 이해하는 일. 용서하지 못한 것을 비워내고, 받아들일 수 없는 편견을 도려내고, 회복될 수 없는 관계마저 마음에서 내려놓는……, 나지막이 스스로 성숙된 인간이 되기를 기대해보는 출발점이 여행이다. 때론, 여행은 삶을 기억하는 방식이 되기도 한다. 본디 타인의 삶에 완전히 스며들 수 없으니 그와 떨어져, 손으로 바닥을 쓸어내듯 혼자만 체득할 수 있는 시공간을 추억하는 것도 여행이다.

312

나는 여행에 익숙한 사람이 아니다.

도시의 중심에서 세계적인 삶을 꿈꿔왔지만 현실은 변방에 가까운 자연적인 삶에 가까웠고, 이동하는 생활을 원했지만 정적인 편에 가까웠다. 여행자의 삶을 꿈꿔왔지만 현실의 일상은 늘 지리멸렬한 정체의 연속이었다. 나는 짐을 꾸렸다. 여행에 익숙한 사람이 아니어서 가방은 언제나 무거웠다. 지난날의 나를 버리고, 새로운 사람이 되고 싶었다. 할 수만 있다면 시간의 뿌리부터 다시 세우고 싶었다. 공부를 이유로 10여 년 가까운 시간을 베이징에서 생활했다. 처음부터 여행자의 자유로운 신분으로 짧은 일정을 염두에 두고 떠난 것이 아니었기에 모든 것은 현실로 고스란히 녹아내렸다. 거리 두고, 관찰하고, 객관화하기엔 성격을 달리한 오랜 여행이었다. 당시 나에겐 낯선 도시를 자발적으로 찾아온 패기, 타인의 집단에 섞여 꿋꿋하게 생활할 자신감 그리고 먹기 좋게 나눠진 사과 반알같이 설렘과 불안이 공존했다. 매일같이 걷던 길, 장을 보기 위해 자주 들르던 마트, 백화점 세일 코너, 강을 끼고 이어지는 호숫가, 맥주를 즐겨 마시던 노천카페, 차창 밖으로 이어지는 풍경들……, 낯선 것이 익숙한 것으로 퇴색되어 가면서 삶은 생기를 잃어갔다. 무턱대고 가방을 챙겨 다른 도시로 떠나기에는 왠지 모를 번거로움이 있었다. 스스로가 정해놓은 시간에 따라 움직이는 강박관념, 사람 많은 곳의 번잡함, 필요 이상의 이동을 선호하지 않고, 간접체험만으로도 어렴풋이 다 알고 있다고 지레짐작하는 '애늙은이' 성격까지. 여행이 쉽게 다가온 적은 단 한 번도 없었다. 누군가의 여행 사진을 보면서 갈증을 느꼈지만 그건 내 몫이 아니라고 생각했다. 한때는 선택받은 자와 그렇지 않은 자를 나누는 분명한 기준이 여행이라 생각했던 적도 있었다. 그렇게 생각하면서 나는 늘 자신에게 떠나지 말아야할 핑곗거리를 하나씩 부여했다.

태생적인 우울의 강도가 깊어서였을까?
무언가에 상처받은 나를 달래는 유일한 방법은 잘 정비된 운동장을 걷는 일이었다. 초승달이 부풀어올라 둥근 달이 될 때까지, 나는 트랙을 따라 돌며 달을 살찌웠다. 보고 싶은 사람, 너무 미워서 잊고 싶은 사람, 가슴이 뜨거워지면 안 될 이유를 꼽으며 걷고 또 걸었다. 고민을 잊기 위한 수단으로 옆에서 걷는 사람들을 쳐다보았다. 관망하는 삶. 부딪치지 못하고, 부러워만 하는 삶. 그래서 '마음속 지도'를 채우는 일에 늘 버거움과 허기를 느꼈다. 동시에 삶은 단순한 생활의 조합이 아니라는 사실을 깨달았다. 의식적으로

비워내려고 한 기억은, 그 사람은 넘어져도 바로 곧추서
오르는 오뚝이를 닮아 있었다. 그래서 나는 유쾌하지 않은
기억을 의식적으로 뽑아내는 대신 풍경을 집어넣기로 했다.
여전히 여행 가방 챙기는 것이 익숙지 않은 탓에 우선은
베이징 전철을 타고 닿을 수 있는 곳에 갔다. 뿌연 황사에도
드물게 해가 보이는 봄에는 친구와 약속을 잡았고, 지면이
뜨거운 여름날엔 호수에서 오리배의 페달을 밟았다. 뎡구는
낙엽 위로 가로등 불빛이 비추는 외교 공간 거리를 거닐다
허기가 지면 독일 레스토랑에 가서 맥주와 소시지를 주문해
먹었다. 솔라나Solar에서 강바람을 맞으며 따듯한 라테를
마시기도 했고, 눈 내리는 날엔 798 예술구에 가서 미술작품을
감상하기도 했다. 건조한 감정은 약간의 이동만으로 전환이
된다. 내가 떠나온 거리에서 벗어날수록, 보이지 않는 끈으로
나를 속박한 묵은 감정과 멀어질 수 있었다. 이동은 나의
복잡한 내면을 비우는 동시에 새로운 풍경을 집어넣는
방식이기도 했다. 이동의 유지가 길어질수록 사람들이 말하는
'여행'이 된다는 것을 발견한 지점이기도 했다.

지난 10년부터 지금까지, 아직도 나는 스스로를 속박하며
살고 있다. 어린 날엔 '어른인 체'하고 싶었고, 어른이 된

315

지금은 세상에서 어른으로 살아간다는 것에 대한 두려움을
종종 느낀다. 세상의 중심으로부터 멀어지고 있다는 자괴감이
들 때도 있다. 숱한 시행착오를 겪은 인생이지만, 아직도 내
안의 지도를 그리는 작업엔 미숙해서 그러했으리라. 후칭팡의
『여행자』를 번역하는 내내 떠나고 싶다는 마음이 간절했다.
작가는 깃털보다 더 가볍게, 세계 곳곳을 누비며 철학적
태도로 삶을 조망했다. 작가의 깊이가 느껴지는 에세이를 통해
나는 작가의 특이한 이력을 선망하게 되었다. 작가는 분명
나와는 다른 부류의 사람일 것이라는 계층의식부터, 나도
저렇게 살고 싶다는 부러움은 하루에도 수차례 여행 가방을
꾸리고 싶은 충동을 일으켰다. 이동하는 여행자의 삶을 통해
부족한 내면을 채우다보면 천진난만한 어린 아이가 될 수도
있겠다는 희망이 생겼다. 어린아이가 되면 스스럼없이 웃고,
떠들며 온전히 나를 사랑할 수 있을 것만 같았다. 나는 여행도
익숙하지 않지만, 자신을 사랑하는 방법에도 익숙지 않은
사람이기 때문이다. 늘 스스로를 부정하고 살아왔다. "열매는
꽃이 피는 것을 부정하는 형식이다. 하지만 열매는 꽃이 피는
과정 전체를 포함하는 것"이듯이 나도 스스로를 부정하고
싶을 때나 삶의 또다른 가능성을 발견한 곳에서 『여행자』를
꺼내볼 것이다. 부정했지만 온전히 부정할 수도 없었고,

철저히 망각할 수도 없었던 지난날의 나 자신에게 아주
예의바른 작별을 고하면서 새로운 여행을 꿈꿔본다.

2014년, 가을이 물들어가는 어느 동네 어귀에서
이점숙